PLACE DES OTAGES

VALÉRIE ABÉCASSIS

PLACE DES OTAGES

LES ÉDITIONS DU CERF

www.editionsducerf.fr
24, rue des Tanneries
75013 Paris

ISBN : 978-2-204-16376-7

Qui a deux maisons perd la raison.
Les Nuits de la pleine lune,
Éric Rohmer
d'après Chrétien de Troyes

Être juif, une certaine façon de me faire chier.
Romain Gary

7 octobre 2023, 6 heures 30

Ce samedi-là, le monde a chuté. La sirène est entrée dans mon sommeil et dans celui d'Ava, je le sais parce qu'on a fait la même chose en même temps, toutes les deux, les mêmes gestes en même temps. Sans se parler et même avec une forme de solennité. Nous avons obéi.

La sirène ? Ce bruit si particulier qui vient de je ne sais quels amplis accrochés dans la ville ne nous réveille pas, il met ce matin-là du mouvement mécanique dans nos corps endormis. C'est un son qui démarre pas trop fort, comme une accélération de trottinette, puis devient un mugissement qui s'amplifie pour finir très haut dans les décibels en tournant, comme le ferait une ambulance dératée. Dans chaque rue, chaque immeuble, chaque appartement, s'adressant à chaque Israélien quasiment personnellement pour lui dire qu'il y a un danger mais qu'il sera protégé.

Ce samedi à l'aube, le son tourne en boucle, vient de partout, fond sur nous et se colle à nous. Mais c'est quoi ? La sirène d'attaque ? Mais pourquoi ? Je suis avec Ava, ma petite-fille de neuf ans, je nous vois, deux formes en slip qui sortent du lit comme on plie parfois ses lunettes soigneusement avant d'éteindre la lumière, sauf que là, on se déplie dans la lueur de l'aube. Je vois sa peau blanche, moi qui l'ai si foncée, je la vois somnolente prendre ce qui traîne comme une automate, je prends un châle rouge à franges Isabel Marant, un T-shirt. Il faut sortir. Tout est ralenti et ouaté, on sait qu'on a le temps de descendre, on le sait parce qu'on en a l'expérience, on a une minute trente pour rallier un abri à Tel Aviv. Pif le châle, paf le T-shirt, tchac la porte de l'appart. Nous descendons du troisième étage vers le premier. Notre duo harmonieux parfaitement chorégraphié est juste détraqué par le son de la sirène qui s'est engouffré partout. La petite main d'Ava est dans la mienne, on ne regarde que le sol, les dalles grises, les traces, le pourri, la peinture salie par les marques des vélos montés dans les appartements, la rampe en bois *cheap*. Chaque marche à descendre une à une, pas sûr qu'on ait allumé la lumière, pas sûr qu'on ait des chaussures, je vois nos pieds, des ombres, des taches au sol, mais sûre que nous ne nous sommes pas dit un mot depuis une minute trente.

Lorsqu'il y a une alerte et que l'on ne dispose pas d'un abri anti-missile, les consignes du Home Front Command sont claires : « Asseyez-vous dans la cage d'escalier et non sur le sol. Dans un immeuble de plus de trois étages, dirigez-vous vers une cage d'escalier comportant au moins deux étages au-dessus. Dans un immeuble de moins de trois étages, restez dans la cage d'escalier de l'étage intermédiaire. »

7 octobre 2023, 6 heures 30

Nous allons au premier, si c'est bombardé en haut ça tient, si c'est bombardé à côté ça tient aussi. Sinon, c'est dans un abri armuré de la rue qu'il faut se rendre, or à Tel Aviv quatre-vingt-dix secondes séparent le moment où la sirène retentit de celui où le Dôme de Fer fait feu sur le missile ennemi. Le missile est dégommé en plein ciel, une ou plusieurs détonations suivent et on aperçoit un petit cercle blanc de fumée. Parfois, des débris retombent au sol, c'est là que des gens peuvent être blessés ou plus rarement tués, mais la plupart du temps Tel Aviv est épargnée et l'on reprend le cours de ce qu'on faisait.

Dans mon quartier arty déglingué de Tel Aviv, la mer est à deux pas et ça se gentrifie rapidement. La plupart des abris sont soit cadenassés et personne n'a jamais cherché la clé, soit devenus des *wine-bars*, soit des abris pour clochards parce que tout le monde n'est pas gentrifié et que la vie est anormalement chère, soit des abris à vélos, soit je ne sais pas car je ne parle pas un broc d'hébreu donc je ne sais ni où ils se trouvent, ni comment ils sont. Je n'ai jamais lu la notice de la mairie, à quoi bon ?

Au premier étage, la torpeur écrase tout. C'est un week-end de fête, « Simha Torah » qui célèbre le don de la Torah. Or, qui dit Torah dit lois, dit ordre, dit texte, dit mots, dit discussions, dit sens, dit peuple juif.

On célèbre aussi ce 7 octobre le cinquantième anniversaire de la guerre du Kippour, cette attaque surprise des Égyptiens et des Syriens, au sud dans le Sinaï et au nord sur le plateau du Golan. Mais c'est loin, c'était il y a cinquante ans. Un coup d'œil flemmard sur la page Wikipédia consacrée à Kippour nous apprend que le 7 octobre les ennemis d'Israël ont été en supériorité numérique pendant 48 heures ; qu'un supposé agent double du nom de Ashraf Marwan avait prévenu le directeur du Mossad d'une possible attaque arabe mais que l'information n'était parvenue qu'au vice-premier ministre, autant dire à personne ; que l'Arabie saoudite, le Koweït, le Maroc, le Pakistan, des Palestiniens, la Libye, l'Algérie, la Tunisie, le Soudan, la Corée du Nord et l'Allemagne de l'Est, avaient aidé les agresseurs à des niveaux divers. 2 691 Israéliens avaient été tués, 8 135 blessés, 9 500 morts arabes et 19 850 blessés. On lit également que l'incapacité des services secrets à anticiper cette attaque avait suscité un séisme majeur dans la société israélienne, que la commission Agranat – chargée d'établir les responsabilités de la faillite – avait publié ses résultats en avril 1974, qu'en août Golda Meir démissionnait, qu'en 1978 les accords de Camp David étaient signés, actant ainsi l'aboutissement d'une normalisation des relations avec l'Égypte.

On apprend plein de choses donc, mais c'est de l'histoire ancienne, bonne pour les écoles, les commémorations, les livres, les documentaires et les fictions. 7 octobre 2023, on est protégés et aujourd'hui c'est vraiment le dernier jour où il devrait se passer quelque chose d'important et si tôt. Sur le palier, aucun voisin n'est là, l'immeuble, le quartier, la ville semblent morts. On remonte, on se recouche.

Et puis une autre sirène sonne et le même ballet recommence. Au premier, il y a maintenant une voisine enroulée nue dans un sac de couchage Ali Express, en nylon verdâtre ouaté. Debout contre sa porte, elle a la tête de la parfaite jeune Tel Avivi. Petite, une frange coupée en biais, un micro-anneau argent dans le nez, des tatouages sur l'avant-bras et l'épaule, des cheveux épais bruns en masse. Elle ne nous regarde pas, elle ne regarde personne, pareil pour tout le monde. On se terre au premier avec ce qu'on a de précieux, ma voisine de palier a pris son violon, moi ma petite-fille. On doit être huit ou neuf au premier, on est proches les uns des autres et c'est le matin. Ava est amusée parce que je fais le sketch du « résumé de la situation » en regardant tout le monde. Je décris et j'exagère, j'explique n'importe comment ce que l'on voit toutes les deux, j'invente des chutes grossières, j'insiste sur les intonations : « Okay alors elle, elle dort debouuut okayyy, dans une minute elle tombe sur ses pieeeds on va voir ses feeesses okayyy. Celui-là a son chat qui ressemble à un rat qui dégouline, on dirait pas l'un des deux chats de *La Belle et le Clochard* ? »

Je ne sais pas quoi faire pour la faire rire. D'autant que le propriétaire du chat pelé, c'est Tom, le voisin tatoueur, son chat est presque sans peau ni poil. Marcel noir, short noir, deux mollets et deux bras couverts de tattoos de couleurs, il a des béances colossales dans ses lobes d'oreilles, comme s'il y avait mis des pneus. Tom est un petit Israélo tout blanc, tout menu, tout frisotté et ses lobes veloutés pendouillent. Et celle-là, tatouée bien sûr, trogne ensommeillée, pantalon rose ample entre les jambes, débardeur à fines bretelles, une mèche bicolore vert blond et un front gigantesque tout luisant. « La sœur de Mercredi Addams est avec nous, okayyy. » Et eux les boys, gays ou hétéros ? Torse nu, boxers Birkenstock beiges, accroupis dos au mur. Deux peaux mates, deux fois des épaules tatouées, des ventres, des poils qui descendent vers les boxers, quatre fois des cuisses, vingt fois des doigts de pieds, deux fois des cheveux bruns d'Orientaux tellement sex. « Deux canons avec nous, okayyy. » Les roquettes ont du bon. Ava a encore l'âge où je peux la distraire avec n'importe quoi en racontant n'importe quoi.

En hébreu, grand-mère se dit *Safta*. « Une drôle de Safta », c'est ce qu'elle se dira quand je serai morte ? Ava se demandera-t-elle aussi si sa Safta était perdue ou heureuse en Israël ? Elle dira : « Elle nous parlait souvent de ce livre, *Idiss*, sur la Safta de Robert Badinter tout effacée, tout analphabète, tout impuissante en France. »

Je ne sais pas ce que pensera Ava. Pour le moment, je fais le résumé de la situation sans bouger les lèvres mais la bouche de travers pour qu'elle m'entende, un peu pour m'occuper, un peu pour la rassurer. Personne ne parle français. Personne ne parle de toute façon. On est tous sous le bruit de la sirène et on attend les détonations, les secousses. Voilà, ça fait une minute trente, on remonte, personne ne s'est adressé la parole. Les voisins avaient leurs téléphones avec les notifications en hébreu. Moi rien.

Il y a eu deux mille alarmes le 7 octobre. Pas une, ni deux cents, ni quatre cent cinquante, non deux mille ! Une ville comme Ashkelon a été bombardée quasiment toutes les minutes : 8 h 59, 9 h, 9 h 01… Jérusalem ? 9 h 01, 10 h… Tel Aviv a été mollement touchée, 6 h 30, 9 h, 10 h 03, 20 h 10, 20 h 11, 21 h 10, 21 h 21, sans compter les banlieues alentour comme Bat Yam ou Holon.

Des centaines et des centaines de missiles ont été tirés sur nous sans discontinuer, tous envoyés par des crevards en savates depuis la bande de Gaza sur Israël. Sans Dôme de Fer ce samedi 7 octobre, les neuf millions huit cent quarante-deux mille Israéliens, juifs ou pas, femmes, hommes, enfants, personnes âgées sans mobilité, malades dans les hôpitaux, jeunes accouchées ou gens opérés, bébés dans des couveuses, passants, seraient sous des décombres et morts. Et heureusement, malgré ce déferlement, ils tirent comme des brêles et de toute façon on a le Dôme de Fer.

Je vis dans un vieil immeuble délabré de quatre étages comme on en voit dans le sud de Tel Aviv et Jaffa, il y en a des jaunes, des beiges, des roses, des gris, tous dévorés par des peintures pourries : les façades ruinées, les climatiseurs fuient, aucune évacuation n'est acrochée aux murs, tout pendouille, fils électriques, tuyaux, câbles Internet, lampadaires. Ce ne sont pas des constructions Bauhaus, ni ottomanes, ni brutalistes, c'est juste vieux et décati, avec des touffes de palmiers, des cris joyeux de bougainvilliers rouges ou jaunes, des immeubles de quatre étages avec un balcon courant arrondi. De l'autre côté de la rue, le bâtiment est exactement le même. Mon voisin d'en face c'est Avner Barak, le fils d'un des juges les plus importants de la Cour suprême, Amnon Barak. C'est lui qui a été plaider pour Israël à La Haye contre l'Afrique du Sud dans l'accusation de génocide. Mais ça, c'est pour plus tard.

Lui comme moi avons trois mètres sous plafond, de hautes portes-fenêtres en bois, vue sur la mer, sur le ciel, sur l'horizon à 180 degrés. Ce matin-là il n'y a aucun avion ou hélico qui monte vers le Golan ou qui descend vers Gaza, rien ne bouge encore. D'habitude, c'est de cette manière que je sais s'il y a des opérations militaires en cours. On entend et puis on voit passer un gros bourdon dans le ciel, selon qu'il monte ou qu'il descende on a un résumé de la situation sécuritaire, s'il y a eu des petits trucs avec le Djihad islamique au sud ou s'il y a eu des petits trucs avec le Hezbollah au nord (pour la faire courte). Mais là rien. Que se passe-t-il ? À 10 h 32, à la troisième sirène sur Tel Aviv, ma fille est arrivée.

« On s'en va tout de suite, dit-elle, très agitée. On est face à Gaza, on s'en va, prends des affaires, on part tout de suite, on est face à Gaza, trop de vitres, trop de fenêtres. » Elle lit, parle, écrit l'hébreu et a donc vu les mots « Hamas », « attaque », « terroristes », « infiltrations » passer sur son téléphone et elle a vu le fil info. « On part, tout de suite, on est face à Gaza, on part. » Ces mots, elle les sort en rafale tout en tournant autour d'un meuble, je suis assise, elle me fait l'effet d'une mouche, il y a tellement de silence dehors, ses mots s'étirent dans la pièce comme un parapluie noir, elle bouge, elle tourne, elle s'éloigne des fenêtres, je vois son short de yoga, son *crop top* et ses crocs en alternance, je suis debout depuis 6 h 30, et un peu comme plongée dans une baignoire de houmous, tout m'arrive mais amorti. La seule chose à laquelle je pense, c'est qu'elle est belle, mais peut-être n'est-ce pas le moment. Toujours plus agitée, elle crie maintenant : « On s'en va, tu ne comprends pas ? Il faut partir d'ici ! » Je suis toujours engluée dans ma piscine de houmous qui fait écho et assourdit tout : « Mais de quoi tu parles ? »

En tant que Française, ayant grandi et ayant été éduquée dans une Europe sans guerre, mon objectif était de ne pas faire peur à Ava, d'éviter le « traumatisme infantile », mais les mots « Gaza, attaque, missiles, terroristes, Hamas, abri » jetés en rafale dans le salon et sous les sirènes occupent tout l'espace et je ne comprends pas. Je lui répète la même chose. « Mais de quoi tu parles ? » en faisant les gros yeux pour qu'elle n'effraie pas Ava.

Almost

Quand je sors de chez moi, rien n'est droit, le trottoir n'est ni en pente, ni d'équerre, devant ma porte on chute directement. Il faut se tenir pour franchir le seuil avec la petite hésitation de ceux qui quittent leurs chalets enneigés. Le sol est déclive, un ou deux morceaux de bitume sont défoncés, il y a des trous, des blocs de ciment, des ornières et des morceaux de tout et rien. Quand je sors de chez moi je tombe, ça fait onze ans que ça dure. Dans ma rue, dans la ville, dans le pays tout le monde fait avec les trous, les blocs, les morceaux, tout le monde risque l'accident ou l'incident, tout le monde chute et se relève, se rattrape, se plaint, s'en fout, se bat, lâche l'affaire, tient le coup. Cette approximation du confort ou du bonheur stable, c'est le credo d'une vie en Israël quand on n'y est pas né. Tout y est « presque ». J'ai souvent rêvé d'écrire un livre sur Israël qui s'intitulerait « *Almost* ». C'est *presque* un pays légitime, *presque* un pays en paix, les frontières sont *presque* définies, les religions *presque* ensemble, la démocratie est *presque* exemplaire, le pays est *presque* vieux de quatre mille ans ou *presque* jeune de soixante-seize ans. Les choses (rénovation d'immeuble ou accords d'Oslo) *presque* abouties, la langue est *presque* normale mais comme les voyelles n'existent pas, chacun entend ce qu'il veut dans le mot, on peut être « Abé », « Abou », « Aba cassis », ce qui s'entend n'est pas ce qui se lit, ce qui se lit n'est pas ce qui est écrit, la rue Ibn Gvirol peut aussi bien être « Iben Gabirol » ou « Even Gbirol ». J'avais envie d'écrire quelque chose de marrant autour de ce flou métaphysique et dérangeant. En observant les Israéliens, je me disais souvent qu'ils parlaient fort parce que le pays est petit et qu'il faut occuper le maximum d'espace mais surtout pour compenser le manque de voyelles, je voulais écrire sur cette grande question : est-on certain que chacun comprenne vraiment ce que dit son interlocuteur puisqu'il n'est pas à exclure que ni l'un ni l'autre ne mette les bonnes voyelles ? *Almost.*

J'ai fermé tous les volets, le salon est dans la pénombre et toujours aucun bruit dehors, ni chats, ni chiens, ni oiseaux, ni voitures, ni passants. J'ai réglé l'application Tzofar Red Alert sur Tel Aviv, je vois en même temps les notifications du reste du pays descendre *non-stop* sur mon téléphone, Nir Oz, Ashdod, Ashkelon, Beer Sheva, Nahal Oz, Sderot… Ça tombe tout le temps, partout, mais ici, pour le moment, rien, la ville est morte, l'air s'est transformé en une glue silencieuse, comateuse. Seule ma fille continue de tourner et de s'agiter autour de moi. Elle est sur son téléphone, me montre une vidéo pas très compréhensible, on y voit des jeunes mais l'image est secouée, un ou deux jeunes, des cactus, un bout du ciel puis à nouveau leurs visages, on voit de la terre, ils chuchotent, ont très peur on dirait, mais ça bouge beaucoup, je ne comprends pas cette vidéo et je ne comprends pas ce qu'ils disent, elle ne peut pas me le dire devant Ava. On m'envoie au même moment une autre vidéo plus nette cette fois, où l'on découvre dans la poussière une grappe de trente Arabes à moto en savates et chèches pénétrer un territoire sableux après avoir découpé un trou dans un grillage. Là je rigole un peu j'avoue, parce que c'est invraisemblable, on dirait Abdel Razak, le vendeur immobilier dans le sketch de Gad Elmaleh, qu'est-ce qu'ils fichent ? Mon cerveau de boomeuse me pousse à poster un truc sur Instagram – « parce que les réseaux sociaux, ça va hein » – mais surtout parce que je ne comprends rien à ce qu'il se passe et que tout semble invraisemblable. « Avant de partager quelque chose, posez-vous les questions suivantes : 1. L'information peut-elle nuire à quelqu'un, peut-elle aider l'ennemi ? 2. L'information peut-elle aider les autres ? 3. L'information provient-elle d'une source fiable ? » Suivi d'un noble appel à l'intelligence numérique : « À l'heure de l'IA, des réseaux sociaux, des *fake news* et des images trafiquées, ne nous laissons pas avoir, ni avoir peur, ni la transmettre. »

Puis, comme on saute d'une falaise en voyant l'eau clapoter doucement alors qu'on sait que le choc sera violent, on a pris le parti de sortir de la maison pour trouver un abri plus sûr, un plafond plus solide, un bâtiment plus résistant, un quartier moins exposé, ce qui était vain, mais je ne le savais pas encore. J'ai fourré dans un sac en cuir gris une brosse à dents, un slip, une dosette de café, ma recharge, mon téléphone, mon agenda Gallimard, ma carte d'identité israélienne (*Teoudat Zeout*), mes bagues Pomellato, mon passeport français. Et c'est tout.

En direct live

Ce devait être le propos de ce livre que de raconter ce qui s'est passé ce jour-là, mais ma tête est sonnée, j'ai été prise dans le brouillard, comme soufflée par une explosion, je ne vois plus pareil, je n'entends plus pareil. Sur le trajet qui nous a menées vers un autre abri, je n'ai dans ma gorge que ce goût avant de vomir, rappel dégueulasse de rues vidées, de très rares voitures et de jeunes Tel Avivis errant, pâlots, le *bun* échevelé de travers, le short froissé, leurs tatouages éteints.

L'hébétude et l'effroi se sont emparés des deux tiers du pays pendant que le dernier tiers, au sud, était démoli par l'attaque surprise la plus barbare que le peuple juif ait connue en Israël au cours de son histoire récente.

La télévision et la radio de l'armée ont diffusé ce jour-là des vidéos et des appels au secours en direct, les présentateurs télé connus ont parlé à des gamins ou à des familles terrées dans des cachettes et des abris. C'était un moment inouï, unique dans l'histoire du *live*. Je ne pense pas qu'un tel sentiment d'impuissance soit passé en direct à la télé auparavant. Ce sentiment que lorsqu'on touchait l'écran, des vies pouvaient s'arrêter, là maintenant. Ce n'est pas l'assaut du Capitole, ou le Bataclan, ce n'est pas l'info en direct type BFMTV, c'est autre chose, un sentiment du temps lent, du mal lent. Je me souviens de la mort et des yeux de Omayra Sanchez en 2015, cette petite Colombienne de treize ans agonisant en trois jours, ou du temps que mettaient les corps du 11-Septembre pour passer du vide au sol. En Israël, sur le canal 12, il y avait ce temps en direct, des vidéos de familles barricadées dans des abris, des petits vieux, des mamies, des couples seuls enfermés dans leur pièce de sécurité, pendant une, deux, trois, dix, quatorze heures à décrire des hommes armés rôdant, brûlant, tuant, détruisant tout dans les moshav, les kibboutz et les villes de toute la ceinture de Gaza. « Papa ils nous tirent dessus ! Ils sont en train de nous tuer ! Papa, je t'aime ! Nous sommes dans la voiture et nous ne pouvons pas en sortir ! » Voilà la dernière conversation de Mia Regev, vingt et un ans, avec son père. La jeune femme a été enlevée avec son frère Itay, dix-huit ans. Elle disait au téléphone : « À l'aide, venez, des terroristes sont dans notre maison, ils tirent, ils entrent dans le kibboutz, des hommes sont dans le moshav, ils ont ouvert le gaz, ils brûlent tout, ça tire partout, venez, s'il vous plaît. » Le dernier message reçu par le père de Karine, vingt-quatre ans, partie danser au festival Nova Fest près du kibboutz Réi'im et qui n'a depuis plus donné aucun signe de vie ? « Je veux te dire que je t'aime papa, parce que je ne vais pas revenir à la maison. » La chaîne 12 diffusait des vidéos de teufeurs en descente d'ecsta, pétrifiés dans des arbustes : « Papa viens me chercher, aide-moi, aide-nous. Quelqu'un peut venir ? Maman, papa, je t'aime. » Uri David, le père d'Odaya et de Tayir, vingt-sept et vingt-quatre ans, qui étaient parties à la Nova Fest, est resté plus d'une demi-heure avec ses filles au téléphone, il leur disait : « Couchez-vous, allongez-vous, restez le visage contre terre, ne bougez pas. » Il les entendait respirer, il entendait les bruits qu'elles faisaient et après plus rien. Merav Leshen Gounen a aussi été en contact avec sa fille Romy, la troisième de ses cinq enfants : « Maman, maman ils tirent sur nous, ils nous tirent comme des lapins, maman aide-moi, ils crient en arabe, on ne peut pas conduire, certains sont blessés, maman aide-moi. » Elle lui disait : « On t'aime, on va trouver une solution, on va te sortir de là… » Quatre ou cinq jours plus tard, Uri et Merav ont expliqué qu'ils avaient échoué à sauver leurs enfants. Non seulement ils n'avaient plus eu contact avec leurs filles mais à ce moment-là ni Merav, ni Uri ne savaient si elles étaient otages, blessées ou assassinées, aucun officiel ne leur avait rien dit. Le 14 octobre, on leur annonçait leurs morts.

Instagram, TikTok, Telegram, caméras de surveillance puis plus tard GoPro du Hamas ont fourni aux chaînes israéliennes des moments de télé inimaginables. Des boots poussiéreuses, des RPG, des T-shirts sombres, des terroristes dans des convois de sept ou huit pick-up blancs tirant dans tous les sens à bout portant. Des atterrissages en deltaplane d'hommes en treillis surarmés, des bandes de cinq à quinze ninjas courant dans les jardins des moshav et des kibboutz, défonçant les portes, les fenêtres, coupant les moustiquaires au cutter, forçant les abris pour en extraire des corps sans substance, tremblants. Des cagoulés en noir traquant sous drogue toute forme de vie dans les carrefours, les blocs de maisons et les arrêts de bus de Beeri, Nir Oz, Kfar Haza, Réi'im, Netiv Haasara, Zikim beach, Nahal Oz et enfin Sderot et Ofakim.

Des villes du sud emblématiques, des villes qui en temps normal sont continuellement sous les roquettes et dans lesquelles vivent les *éloignés* ou les *rêveurs* d'Israël – c'est selon. Dans ces confins, on trouve des retraités laïques rescapés de la Shoah, des humanistes de « La Paix Maintenant », mais aussi des Mizrahis pratiquants (orientaux, noirs, marocains, yéménites, libyens, syriens, russes aussi), des pauvres, attirés par de moindres taxes d'habitation, des espaces plus grands, la nature, les travaux des champs, des rêves communautaristes dignes du Yichouv. Un ensemble hétérogène de sionistes, tous à la périphérie du pays, tous remparts humains, tous éloignés de la *start-up nation*. Tous abattus ou enlevés en direct.

Et ce jour-là, quelque chose est sorti du sol d'Israël, une plainte déchirante remontée en surface par une masse d'ébranlés solidaires, quelque chose venu du plus profond de l'histoire juive, travaillé par des siècles d'antisémitisme, par six millions de personnes exterminées, par les batailles, les guerres, les attentats. Quelque chose de proprement stupéfiant : où est notre armée, où sont nos soldats ? À travers tout le pays, des bouches sèches ont peiné à articuler : « Où sont ceux qui protègent Israël ? »

La maison la plus étroite au monde

Me voilà avec ma fille, Ava et mon sac devant la maisonnette d'un Israélien dans le quartier chic de Noga. Tout est figé alentour, ça sent moins le pipi de chien, la rue est moins sale que chez moi et la façade du bâtiment me fait penser à la maison Keret en Pologne, la plus étroite au monde, qui fait moins d'un mètre de large, deux étages, une chambre à coucher, une cuisine, une salle de bains et qui est située au 22 rue Chłodna à Varsovie. L'écrivain israélien Etgar Keret en a été le premier locataire. Sa maman, Irena Felicja, était rescapée du ghetto de Varsovie, son père Efraim Keret avait survécu à la Shoah en étant caché deux ans dans une sorte de trou. C'était le minimum qu'il l'inaugure et qu'elle porte son nom. Je précise également qu'Etgar Keret est un écrivain et scénariste fantastique doublé d'un observateur de la vie israélienne au regard ciselé et plein d'humour – c'est enfin le seul Edgard dont le nom s'écrit avec un « T », ce qui est très curieux.

Revenons à notre maisonnette à nous. À l'intérieur, nous sommes donc huit adultes, cinq femmes, trois hommes, cinq enfants, un bulldog français noir et blanc aux yeux rouges. Il n'y a qu'une seule et longue pièce plutôt sombre, une courette et une mezzanine soutenue par des poutres d'acier, avec peut-être une chambre ou deux au-dessus. Un endroit tellement emprisonné entre deux immeubles que d'après Paloma « si une roquette nous tombe dessus, on ne sentira rien ».

Et de fait, on ne sent rien. À 20 h 10, à 20 h 11, à 21 h 10, à 21 h 21, d'autres missiles ont été tirés sur Tel Aviv. Je suis sur le canapé sous les poutres, personne ne me parle et je ne comprends rien de ce que les gens se disent, je suis à nouveau la grand-mère, l'immigrée (française) que l'on pose dans un coin. Le nombre de personnes sur place et leurs échanges qui saturent la pièce confinée me font presque oublier ce qui se passe dehors, j'essaie de suivre. C'est pareil partout dans le pays, à cette heure, les familles, les couples, les colocs sont rassemblés pour ne pas être seuls et se rassurer. Chaque loquet est fermé, chaque verrou bloqué. Les images d'invasion terroriste de la journée font craindre une infiltration qui gagnerait Tel Aviv et le reste du pays. Tout le monde imagine de nouvelles attaques, de nouveaux meurtres, de nouveaux enlèvements parce qu'ils sont entrés sur notre territoire, chez nous. À minuit on comptait 1 590 blessés, 80 brèches dans la clôture de sécurité, vingt localités et onze bases de l'armée attaquées, le commissariat de Sderot entièrement détruit. Mille terroristes infiltrés.

L'Israélien qui nous héberge doit avoir trente-neuf ans, deux rangées de dents blanchissimes lorsqu'il sourit, le teint mat de petits-fils d'immigrés irakiens, les cheveux argent courts, plutôt beau en short orange et T-shirt blanc, entièrement tatoué, une carrure d'haltérophile musculeux en Birkenstock. Il y a sa compagne, une maigrelette en jogging cheap et cheveux filasses jaunes, leurs deux enfants, il y a son ex-femme dodue et brune dans un jogging noir, le nouvel amoureux de son ex-femme – aucune idée de sa tête –, plus l'ex-mari – très *bodyshapé* lui aussi – de la nouvelle femme de l'ex-mari de son ex. Et avec cela, quatre enfants mais je ne saurais plus dire à qui ils sont.

Je ne sais pas ce que font ces gens pour gagner leurs vies, ce sont des Israéliens de la classe moyenne, ils doivent bosser dans des bureaux, des hôtels, des commerces, des écoles, des restaurants. Des gens « *average class* », ces fameux Israéliens, comme ceux du livre *Trois étages* d'Eshkol Nevo que tout immigrant rêve de fréquenter afin d'être intégré. Ils ont été ensemble à la maternelle, l'école, l'armée, la Yeshiva (l'école religieuse) ou la fac et s'agrègent en blocs que seules les années et les unions permettent de pénétrer.

Tzarfat

Ces Israéliens dans la pièce de la maisonnette n'ont rien à voir avec les cercles bobos de Tel Aviv que je connais. Et eux n'ont peut-être que des clichés sur nous, les Français de Tel Aviv, surtout sur ceux du quartier voisin, les fameux Français de Neve Tsedek. Car les Français d'Israël sont tous différents. Il suffit d'aller à Jérusalem, Netanya, Ashkelon, Herzlyia, Raanana, Ashdod, Haïfa, Beer Sheva ou même Ofakim ou Netivot : selon l'argent, l'année et les motifs pour lesquels ils sont arrivés, leur intégration est différente. Les Français de Neve Tsedek sont particuliers, ce sont des Sépharades et Ashkénazes exilés fiscaux, des hommes d'affaires qui ont cumulé les nationalités suisse, marocaine, luxembourgeoise, portugaise comme on empile des Loro Piana dans une armoire en cèdre, qui possèdent un enchevêtrement de sociétés et qui – au nom du soutien à Israël – font circuler leurs liquidités, s'arrangent pour ne payer d'impôts nulle part, s'enrichir partout sans respecter un quelconque code du travail, sans respecter les travailleurs qu'ils exploitent. Des travailleurs qui vivent en colocation dans des deux-pièces humides à 5 000 shekels – cette injustice, ce mépris des petites gens me fait penser à Vincent Lindon dans l'épisode onze de la saison deux de la série *D'argent et de sang*, lorsqu'il lit la liste sans fin d'accessoires, montres, sacs et marques de luxe possédés par Mouly tandis qu'on voit sa femme de ménage philippine prendre un bus à cinq heures du matin. Tout cela au nom d'Israël. Ce sont des enrichis de la taxe carbone, des fourgueurs de panneaux solaires, de Forex, des fraudeurs emprisonnés dans leurs tours dorées qui ont multiplié le nombre de synagogues et restaurants casher dans la ville. Ce sont aussi des dentistes, radiologues ou médecins tout à fait classiques mais qui, en ne pouvant plus sortir leur black du pays, ont fait flamber les prix de l'immobilier à Tel Aviv et poussé la classe moyenne israélienne en banlieue. Ce sont aussi ces soutiens à Netanyahou et bien sûr à Éric Zemmour puisqu'en avril 2022, ces Français de la ville blanche l'avaient placé en tête du premier tour avec 53 % des voix et étaient encore 42 % à voter pour lui aux européennes. Et puis il y a aussi des Français sionistes, droits, sincères, engagés, présents physiquement et économiquement aux côtés d'Israël et ce à chaque guerre (contrairement aux Américains qui paient mais qui viennent moins). Des hommes et des femmes dont les fils se sont sacrifiés sans hésitation pour nous défendre, certains sont morts, que leur mémoire soit bénie et il faut leur rendre hommage éternellement, beaucoup ont été blessés, tous ont vécu loin de chez eux pendant de longs mois dans des conditions inhabituelles de froid, de pluie, de boue, de chaleur, dans les horreurs des combats, perdant parfois l'un des leurs, rentrant à peine de permission du sud avant d'être à nouveau envoyés au nord, ces Français-là sont la force du pays. Il y a aussi les retraités qui par milliers sont allés cueillir des concombres, des tomates, des fraises, nettoyer les étables, faire des cartons de pastèques, de melons, de vêtements ou des plats cuisinés, se cotiser pour offrir des barbecues pantagruéliques dans des cantines improvisées destinées aux déplacés et aux soldats. Engagés dans les dizaines de groupes et boucles Whatsapp qui se sont multipliés instantanément, ils n'ont compté ni leur temps, ni leur fatigue, ni leur générosité, ni leur amour pour Israël. Des petits vieux français sont allés remplacer des travailleurs israéliens plus jeunes appelés à la guerre. Tous se sont donnés sans répit, sans rétribution, sans même parfois un café ou un merci. Ils peuvent être tout cela et autre chose encore. Il y a enfin les Français des vacances scolaires, bronzage charbon, avec de beaux habits dans de vraies belles matières, des belles chaussures, qui viennent s'enquérir du dernier restaurant à la mode et hors de prix, le drapeau d'Israël chevillé au corps. Ils sont souvent pris pour cibles par les sketchs de la télévision israélienne, on les voit s'angoisser à l'idée d'être escroqués, on les voit maltraiter sur la plage de malheureux serveurs étudiants écrasés par le soleil, parce que ça ne va pas assez vite ou que l'assiette n'est pas bien présentée ou encore ergoter sur le pourboire de 15 % : « C'est inclus ou pas inclus ? »

En Israël, l'intégration est performative. Elle s'accomplit depuis soixante-seize ans sans que l'on sache vraiment si elle parvient finalement à façonner quelque chose comme un corps constitué nommé « Israéliens ».

Cette identité clivée est apparue en pleine lumière dans les colossales manifestations contre la réforme du système judiciaire, comme elle s'était révélée dans celles suivant l'assassinat de Rabin en 1995. Les Israéliens ont non seulement des identités plurielles, mais en plus ils s'engueulent. « Deux juifs trois synagogues. » Personne ne parle le même hébreu que l'autre, Israël échappe aux Israéliens comme aux immigrés les plus récents. « Le pays est détenu par 23 familles. Elles possèdent l'alimentation, l'information, la banque ! » Cette affirmation – qui se veut réconfortante – est en vogue chez les immigrés peinant à se faire une place dans une société où les vraies richesses et les vrais pouvoirs sont l'apanage de quelques lignées. Mais les plus riches soutiennent la nation et la financent au besoin, tous sont indéfectiblement amoureux de leur terre et y ont investi leurs vies, leur temps, leur argent et ont reçu tout autre chose en retour : la vie en Eretz Israël.

L'Agence juive avance un chiffre moyen de 121 000 Français présents en Israël depuis 1948. Et jusqu'à 200 000 au gré des assassinats, tueries, défenestrations et manifestations antisémites dans l'Hexagone, selon le nombre de ceux qui arrivent pleins d'espoir, selon le nombre de ceux qui repartent épuisés. Les chiffres ne sont pas clairs et de toute façon, c'est interdit de compter les Juifs. Mais depuis l'attaque du 7 octobre, l'ahurissant déferlement de haine anti-juive et de haine anti-israélienne, la fameuse « libération de la parole » étalée partout de l'Assemblée nationale aux bancs des écoles prestigieuses en passant par la rue fait que les demandes d'*alya*, ont explosé. Le sommet de l'inquiétude existentielle est évidemment atteint après le résultat des législatives et le chiffre de 2 600 personnes voulant rejoindre en Israël circule depuis dans les médias communautaires, il gonfle, s'insinue dans les esprits inquiets. Heureux comme un Juif en France, disait-on ? La question vaut aussi pour les Juifs d'Europe. Les antisémites ont toujours été là, mais désormais ils ont une tribune pour dire et faire ce qu'ils veulent. Et les Juifs français de vouloir partir à nouveau.

Quoi qu'il en soit, les rares Français qui ont réussi à se faire un petit nom mais pas une grande fortune sont footballeurs, chanteurs, coiffeurs, acteurs. Une ascension sociale par la notoriété qui est la même que partout ailleurs. Ironie de l'histoire, le Français qui a fait le plus de bien (ou, selon certains, le plus de mal) au pays est absolument inconnu : c'est un intellectuel juif discret qui adore les saucisses de porc. Arrivé en 1968 à l'âge de vingt-neuf ans comme simple lecteur à l'université de droit de Jérusalem, Claude K. en est non seulement devenu le doyen – en plus de s'être fait le traducteur de *L'État des Juifs* de Herzl –, mais il est à l'origine des travaux sur la constitution, la loi et la justice d'Israël. Celles que le Premier ministre a voulu réformer en 2023. Il y a donc des sportifs, des acteurs, des artistes, et des intellectuels, mais de grosses réussites économiques qui pèsent, je ne connais pas.

En Israël, les émissions satiriques, les documentaires Netflix, les enquêtes de Yes Docu comme *La Promise* qui m'a été consacrée ainsi qu'à deux autres nouveaux immigrants, se repaissent de cette inadaptation des Français. Mais cela ne date pas d'hier, dans un passage du livre de Yaël Neeman, *Elle était une fois*, il y a une description identique sur des Français au kibboutz dans les années 1940, déjà en total décalage, déjà très exigeants, déjà incompris.

Dans cette maisonnette sous les bombes, que peuvent-ils penser de moi ? Rien ! Tellement rien ! Parce que tout le monde s'en fiche et qu'en Israël on se fiche de tout, même de s'en ficher on s'en fiche ! Nous sommes les uns sur les autres, on a allumé quelques lampes douces, il est question de comment on va dormir, les gosses s'amusent, courent, la télé n'est pas allumée pour les épargner, chacun s'informe sur son téléphone et se parle par petits morceaux, ma fille fait une plâtrée de spaghettis qu'elle est la seule à débarrasser, ils n'en ont rien à foutre de rien.

S'il y a un missile, il faut juste rester là où nous sommes. Je dors tout habillée sur deux cubes du canapé, le chien râle, pète et renifle, j'ai horreur de cela mais en Israël on aime les chiens alors je souris hypocritement. Quelqu'un prend l'autre moitié du canapé, je ne veux pas toucher ses pieds, je reste pliée comme un « Z » avec cet horrible chien mongoloïde, ma fille dort dans la mezzanine avec les autres adultes, Ava par terre à ses côtés.

Ava grandira avec ça

La ville se réveille dans la mort, un avant-goût de la nappe macabre et lourde qui va nous recouvrir pendant de longs mois. Les magasins n'ont pas rouvert, les rues sont vidées, les tirs de missiles continuent partout dans le pays. Tout habillée, je suis sortie respirer – je précise toute habillée parce que dans le sud de Tel Aviv on peut croiser des gens en pyjama ou en slip, c'est même normal de sortir en slip – avec les mêmes affaires que la veille, je suis sale, je sens. Dehors je croise un seul gars, le patron de la pizzeria d'à côté, dévasté lui aussi. On ne se dit pas un mot, nous sommes seuls dans ce coin qui limite Jaffa et Noga. Une zone piétonne d'habitude très fréquentée, avec une fontaine, le tramway, la piste cyclable, le fameux boulevard de Jérusalem, le théâtre Gesher (dans lequel on avait vu la pièce *Tunnel* de Roy Chen tirée du livre de Denis Tanovic, *No man's land*, l'histoire de soldats israéliens retenus dans un tunnel avec deux Palestiniens, une « fiction » que nous avions applaudie), des bars, des terrasses fleuries, le restaurant tripolitain Guetta, l'institution des viandes grillées Itzik Hagadol et l'incontournable bar San Remo dans lequel chaque jeudi soir depuis onze ans j'accumule les

Jasmin Arak Pamplemousse rose en me demandant : « Qu'est-ce que je fous dans ce pays ? » Il me fait un café de sa machine, on ne se parle pas, son resto est fermé, la ville est vide, les rues sont mortes.

Lorsque je retourne dans la maisonnette, c'est la scène à l'intérieur de la maison qui m'ouvre enfin les yeux sur ce que l'on vit et me fait pleurer pour la première fois. Il y a tous les enfants devant le canapé, le soleil est merveilleux dehors, mais ils sont dans la quasi-pénombre, chacun avec son écran, chacun en Zoom avec sa classe. Ava a cours de gym et fait des exercices, je la vois avancer un pied et le reculer dans le petit espace du canapé et du mur, elle est concentrée sur l'écran et obéit à la maîtresse, je lui vois un bout de ventre blanc sortir du jogging en molleton, lever les bras, s'accroupir, lever les bras, avancer, reculer. Les autres plus grands répondent aux questions de leurs profs assis en tailleur ou vautrés. On entend les enfants interagir, il y a un niveau sonore épouvantable, de tous les écrans sort cette luminosité bleue qui s'empare de leurs visages candides, doux, ces enfants sont l'innocence et l'abnégation même.

Comment grandit un enfant israélien, à quoi est-il confronté et à quoi s'habitue-t-il depuis tout petit ? Qu'est-ce qui l'imprègne, le nourrit, le construit ? Depuis le 15 mai 1948, au lendemain de la proclamation de l'État d'Israël – soit la première guerre déclenchée par les Arabes –, chaque enfant israélien a vécu des attaques au couteau, des attentats dans des bus, des cafés, des dancings, des voitures-béliers aux carrefours, des kidnappings, la guerre, un héritage vénéneux qui se passe de génération en génération, de gouvernement en gouvernement avec parfois des petites accalmies qui pourraient laisser croire qu'Israël est un pays normal. Mais non.

C'est là que j'ai eu mes premières larmes, la gorge nouée, l'émotion pure, tous ces enfants vont grandir avec ces nouveaux morts, ces nouveaux otages, avec beaucoup d'armes, beaucoup de sang et beaucoup de vengeance. Voilà ce que sera la vie de ma petite-fille ici.

Dans le Marais

Nous sommes passées chez Paloma prendre des affaires. Je suis abattue, le silence partout est éprouvant, morbide, Ava a retrouvé ses jouets. « Pourquoi ne rentre-t-on pas ? Pourquoi ne retournons-nous pas en France, Paloma, à Paris ensemble ? Ava pourrait grandir avec les Louise et Léon du Marais habillés en Merci, avec les cantines bio, avec les parents d'élèves chiants, les notations, la rigueur dès l'enfance, avec les devoirs, le carcan, alors qu'ici c'est le pays du "oui" à tout pour tous les gosses. Nous pourrions ne pas être juives cinq minutes, ne pas être israéliennes, nous serions avec les antisémites, les Arabes, les noirs, les goys, les mélanges, les Hidalgo, les grèves, les manifs place de la Bastille pour les Kurdes ou les Congolais, le Pass culture et les RTT, la protection sociale… Avec la République française. »

Ce 8 octobre, je suis sûre que la France peut me protéger et surtout m'accueillir. La France, je la chéris, elle est mon modèle, elle m'a construite en me laissant croire que j'en étais. Je suis comme Finkielkraut, certaines obsessions en moins. Qu'est-ce que j'essaie de prouver en vivant dans l'État juif ? Mon rêve en sixième était d'avoir une maison avec un grenier comme ma copine de classe d'origine bretonne, comme dans le *Club des cinq* et le *Clan des sept* et même si je n'ai pas eu de grenier, la France m'a permis de le regretter. Un matin du 4 janvier 1962, mes parents sont partis d'Algérie avec une petite valise en laissant croire à leurs voisins qu'ils partaient en week-end avec le bébé (moi). Le matin pour le midi. Ma mère avait nettoyé le grand appartement du 7 boulevard Sébastopol parce que cela ne se fait pas de laisser les choses comme ça. Elle avait roulé les tapis, fait la poussière et nous sommes partis. Nous étions une famille plutôt aisée et connue d'Oran, arrivée avant 1870 par Melilla, Gibraltar, l'Espagne et le Portugal au XVIIe siècle, composée inextricablement des deux familles Fima et Abécassis, lesquelles avaient uni toutes leurs filles et tous leurs fils entre eux. Dans les années 1930 on y trouvait le commissaire de police, dans les années 1950 le rabbin de la grande synagogue, devenue la mosquée Abdellah Ben Salam. Une famille coulant des jours heureux dans l'insouciance. C'était le kémia, les goûters, les repas, les fêtes, les bonnes, les rosiers, le basket, le tout de la villa de Canastel à l'imprimerie du 16 rue d'Arzew en passant par les appartements de ces cousins et cousines non consanguins. Une vie de colons blancs et riches saupoudrée d'Arabes, musulmans, chrétiens, Espagnols dont l'amitié réelle et sincère s'arrêtait aux portes des maisons. Nous sommes partis en avion et c'était tout, comme des millions de Juifs français chassés des terres arabes. On ne va pas en faire une tartine, les racines, la nostalgie, l'origine, la douleur, tout cela les Stora, Benkemoun, Zenatti, Elkaim, Ruben, Benamou et tant d'autres l'ont très bien décrit. J'aime Daoud, je connais Sansal et j'ai lu Camus. Les Algériens et en particulier les Oranais, en accord avec Dieu et l'huile, ont inventé un judaïsme de la République où l'on est juif uniquement à la maison, avec des repas pour chaque fête mais peut-être une boîte de pâté de porc ou des crevettes quelque part. Si personne ne sait de quoi parlent les prières, tout le monde connaît les fondamentaux et les valeurs du judaïsme. Ces Oranais sont des Sépharades mutants, des pratiquants solubles dans la laïcité.

« Pourquoi ne partons-nous pas, Paloma ? Retournons à Paris. Qu'est-ce qui me lie à ces Israéliens avec lesquels j'ai passé la nuit ? Est-ce que j'ai besoin d'être sioniste ? Est-ce que j'ai besoin d'Israël ? » La réponse de Paloma est nette. « Même pas en rêve, hors de question, je suis israélienne, je vis ici, c'est mon pays, je ne bouge pas, qu'est-ce que je vais aller fiche en France. Si on part, ils gagnent. Tu comprends ? Ils veulent que cette terre soit la leur. Vas-y toi, allez pars, faut couper, allez hop les ciseaux, vas-y toi. »

On ne se parle plus, on écoute le silence, on guette les roquettes. Paloma regarde son téléphone, je suis vraiment perdue. Quelques chiffres arrivent : neuf cents Israéliens dont quarante Arabes sont officiellement morts. Puis les appels arrivent de France, au bout du trentième on ne décroche plus. Nous avons la fatigue de raconter et raconter encore – en s'efforçant de protéger Ava – ce qui se passe et ce qui s'est passé. Un sentiment nouveau commence à poindre en moi, qui au fil des mois ira grandissant, un agacement contre les soutiens déconnectés de mon réel, leur douleur lointaine ou leur commisération dont je ne sais que faire dans ma désolation. Celui qui n'y était pas ne sait pas. Le seul coup de fil inattendu qu'on a pris c'est Fatima C., la nounou que les enfants avaient à partir de 1990. « C'est horrible madame Valérie. Et Paloma ça va ? Et Solal ça va ? Et monsieur Gégé ça va ? Et madame Ariane ça va ? Hamdoulah. » Cela faisait dix-huit ans que je n'avais pas eu de ses nouvelles. Les messages affluent aussi d'un peu partout. Des cœurs, des mots. « Vu de Paris c'est effrayant, je pense à toi et tes filles, et tout. » Pas forcément des gens que nous attendions. « Je suis choquée par l'horreur qui a frappé Israël, je pense à toi, ta famille et aux Israéliens, je te serre dans mes bras. » Ou : « J'espère que tu vas à peu près bien. » Ou encore : « Chère Valérie, je pense à toi, pour que le monde sache, travaille bien. »

Et puis les premiers visages de ceux qui sont désormais ma famille commencent à émerger : les visages des tués et des otages du Hamas.

Partir ou revenir

Je vais travailler. Je suis à l'aéroport, les rumeurs disent qu'il ferme. Les ambiances de départs sont toujours épouvantables, surtout lorsqu'ils sont subis. On y voit la lâcheté, l'affairement, la honte, la douleur et l'économie minuscule du courage. Exceptionnellement décrit, le passage sur l'exode dans le livre d'Irène Némirovsky, *Suite française*, me revient. C'est exactement cela. Les départs sont effroyables. Une file interminable de gens assis où ils peuvent, des enfants qui pleurent, des familles regroupées à même le sol. Des orthodoxes américains sortis des quartiers de Bné-Brak, Mea Shearim ou des colonies, se démènent pour acheter des billets au prix fort. Le paletot en soie noire et le schtreimel en fourrure pour les hommes ; l'obésité et la perruque de travers pour les femmes. Des étrangers aussi, Philippins ou Chinois sont entassés en masse, affolés. Des personnes à mobilité réduite, ferrailles éparses et perdues roulent à vide dans ce hall sale, bruyant et bondé.

Les ambassades des Pays-Bas, de la Lituanie et de Grande-Bretagne s'occupent de leurs ressortissants, des avions militaires et des avions de ligne seraient à disposition mais les informations circulent mal et n'arrivent à personne. Toutes les raisons pour fuir sont sans doute bonnes. Je croise un couple de Français bronzés, environ soixante ans, le look de ceux qui étaient à Gazooz Beach la veille à commander des Schnitzels à 105 shekels en râlant contre la vie chère en Israël, pull rose et chemise en jean, ils sont là depuis 15 h 30 pour le vol El Al du lendemain matin 10 h, ils refusent de me parler et s'arriment à leur chariot. Plus loin, un couple d'Allemands a trouvé un vol aux aurores pour l'Autriche. Tous les départs de cette fin d'après-midi sont annulés ou retardés, des centaines de personnes sont collées aux panneaux d'affichage qui passent du vert au rouge avec le petit caquètement qu'on aime bien d'habitude. Les prochains vols de nuit sont pour des villes qui prennent des allures de *safe place*, Sotchi, Dubaï, Larnaca. Il y avait un vol pour Londres, il est annulé, idem pour New York, Abou Dabi, Varsovie et Le Caire. Annulés aussi Brussels Airlines, Lufthansa, Air France et Transavia. *Delayed*, *Canceled*. Le personnel de El Al est débordé.

Et puis j'ai eu un déclic, il s'est passé quelque chose, une épiphanie. J'ai posé des questions aux gens de l'aéroport, combien d'avions partent ce soir ? J'ai été secouée par leurs réponses. « Les avions qui partent, on ne sait pas, mais ce sont les avions qui arrivent que l'on sait, avec les volontaires et les appelés qui viennent rejoindre l'armée pour défendre le pays. » Et j'ai compris quelque chose, j'ai vu mon continent européen filer au loin, ma France s'éloigner, mon Paris confortable se flouter à l'horizon comme les plaques tectoniques qui se sont éloignées à je ne sais plus quelle ère. Je vais rester en Israël, je vais rester ici, sinon tous les Juifs du monde et de l'histoire morts parce que juifs, seront morts une deuxième fois. Et je file aux arrivées pour voir un autre pays.

Effectivement, aux arrivées l'ambiance est radicalement différente. C'est joyeux, c'est bruyant, c'est vivant. Un bataillon de jeunes filles en jupes longues, garçons en kippas, avec des drapeaux, des bonbons, une guitare sont devant les portes des arrivées pour accueillir les hommes. Une centaine de gamins venus par bus des écoles religieuses de Bné-Brak est mobilisée dans le hall et célèbre dans la liesse pure tout homme de dix-huit à quarante-deux ans qui passe le sas. Tous les réservistes ou jeunes soldats (sans compter les quinquas volontaires), rappelés ce jour-là, en provenance de Rhodes, Vienne, Milan, Madrid, Belgrade, New Delhi. Dans les chants et les cris, un *mapping* sans frontière converge d'un même pas téméraire vers ce microscopique pays, au nom de la défense active d'Israël. La vue de ces jeunes dont certains tomberont au combat me fait pleurer. Tout le monde chante et je vois leur mort, je vois leurs mères brisées par le deuil. Un avion arrive aussi de Paris avec des Français tout aussi enthousiastes, guerriers et courageux. Parmi eux David, le père de ma petite-fille, volontaire qui a laissé femme et fils en France pour protéger le pays et sa fille. Ava désormais placée sous son armure, plus rien ne pouvait m'inquiéter.

Vers une heure du matin, au retour de l'aéroport, je n'ai pas eu envie de dormir dans la maisonnette, j'ai échoué chez une amie belge à Jaffa. La radio, la télé et son compagnon israélien allemand parlaient tous en même temps. Lui éructait avec sa forte voix contre « les Arabes, les terroristes arabes, les terroristes arabes de Jaffa ». Il criait, il les insultait, il recrachait en boucle les informations qu'on avait déjà sur le sud, sur l'armée, les services secrets, le renseignement défaillant et sur les attaquants barbares. Un Allemand juif qui hurle à propos d'Arabes c'est compliqué, j'avais encore dans la tête le volume sonore de l'aéroport, j'étais fatiguée, j'avais mal à la tête, je voulais du silence, ça s'est mal passé, nos angoisses ont explosé, il a voulu me jeter dehors, mais compliqué pour un Allemand d'expulser une Française dans un quartier arabe au troisième jour d'une guerre. Mais j'ai regardé toute la nuit par la fenêtre pour voir si les « terroristes arabes de Jaffa » n'allaient pas attaquer l'immeuble, si le scooter noir ou le camion anormalement stationnés n'étaient pas des « infiltrations d'Arabes terroristes » et vers six heures du matin suis partie sans me laver dans un Jaffa vidé et menaçant, le sac gris à la main. Ses braillements cabossés me tournaient dans la tête, tout le monde dans ce coin était devenu mon ennemi.

Cette nuit-là, Macron et la plupart des pays occidentaux ont exprimé leur émotion, leur soutien à Israël et son droit à se défendre. La mairie de Paris a fait éteindre la tour Eiffel et puis des chiffres sont arrivés.

Deux cent vingt-deux soldats ont été déclarés morts, trois cent soixante et un civils assassinés ont été identifiés. Mais en plus de cela, deux cent trente otages brandis par le Hamas descendaient dans l'enfer. Tout le pays était en état de choc, tout le pays pleurait mais que faisait Benyamin Netanyahou ? Le saura-t-on un jour ? Peut-être, mais ce soir-là, le sommeil devait l'abandonner pour toujours. Quiconque a vu l'exceptionnel documentaire de Dan Shadur, *King Bibi*, connaît la bête politique imputrescible qu'il est, mais cette nuit-là, les vers et la moisissure de l'Histoire commençaient à le ronger. Là maintenant, demain, dans un an, dans des années et pour l'éternité, ici comme à l'international, l'image de ce Premier ministre commençait à pourrir. Lui, « King Bibi », accroché au pouvoir depuis quatorze ans, s'était rendu coupable du plus grand massacre de Juifs depuis la Shoah et sur la terre même d'Israël.

Lehaïm !

Seuls les magasins alimentaires rouvrent, les rues de Noga Florentine et Jaffa sont toujours vidées, le temps est miellé et le tramway glisse dedans. Ce gros serpent me fait penser à un personnage d'un film de Miyazaki, Totoro ou Oshira-Sama, un gros truc blanc sinueux silencieux qui vient traverser lentement les avenues désertes. Les très rares passagers sont sur leurs téléphones. Je passe chez moi prendre une nouvelle culotte et me laver, l'immeuble est archi désert, je garde le même jean, les mêmes baskets et je vais à l'hôpital Ichilov pour le travail. C'est un Israël que je soupçonnais mais que je n'avais jamais vu qui s'étend devant moi, l'Israël du collectif et de l'unité. Ici comme dans les quatre-vingt-dix hôpitaux du pays – Tel Hashomer, Sheba, Surroca, Barzilay, etc. – et comme dans tous les centres commerciaux, des milliers et des milliers de gens font la queue spontanément pour donner leur sang. Dans la tristesse et le bordel. Là où je suis, plus de mille cinq cents personnes ont déjà attendu pendant des heures afin de remplir un questionnaire et pouvoir être piquées, il sont encore sept cents dehors. Il y a une agitation incontrôlable, on ne sait pas qui est volontaire, qui est donneur, qui est patient, qui est qui. Des centaines de brancards sont disposés partout dans l'hôpital afin que chacun s'allonge et offre son bras. Je vois un ballet de différents grades de religieux, de la kippa noire des orthodoxes à la petite tricotée des colons en passant par le bob à pompon blanc des joyeux Breslev, je vois d'autres barbus mais cette fois ce sont des hipsters laïques, je vois tournoyer des soldats, des femmes voilées, des vieillards en pyjama sur des fauteuils roulants. Si l'on veut charger son téléphone, il y a des bornes disponibles partout, si on a soif on peut boire, des jeunes filles en robes ternes à manches longues font rouler des petits chariots et offrent du café, du thé et des gâteaux casher à qui veut. À chaque sirène qui annonce un missile, tout ce monde, certains avec l'aiguille dans le bras, s'entasse dans les escaliers pour se mettre à l'abri et dans cette pagaille phénoménale, trois soldats balancent à la guitare un chant populaire que la masse humaine reprend en chœur. Un fou sort du lot et parle seul avec la musique. C'est délirant.

Nouvelle nuit, il est tard, où est-ce que je vais bien pouvoir dormir ? Je retourne dans la maisonnette, quitte à être invisible autant l'être ici. Les chiffres prennent de plus en plus consistance. Le nombre d'otages baisse au profit du nombre de morts à mesure que les corps sont identifiés. Et l'on apprend que des bébés, des enfants, des femmes, des hommes et des vieillards sont aux mains du Hamas.

Le mot « vie » en hébreu n'est pas au singulier, il est au pluriel : *Haim*. Lorsque l'on prononce le *Haim* au-dessus d'un verre, on dit en fait : « À les vies ! » Je me suis toujours expliqué cette bizarrerie grammatico-philosophique par le fait que le Juif a plusieurs vies, celle qu'il vit, celle qu'il mérite, celle qu'il rêve, celles que son peuple a eues et celle qu'il a lâchée. Mais il n'est plus question de vies pour le moment, le pays est passé à la mort pure. Il n'y a pas une famille qui ne se rend pas à un enterrement au moins une, deux ou trois fois par jour. C'est la course et cela va vite, il faut enterrer les corps le plus vite possible, quoi qu'il arrive, avant le shabbat suivant. L'histoire nous montrera que cette vitesse morbide s'est faite aussi au détriment des preuves, des signes, des indices qui auraient mieux permis de comprendre l'horreur de ces vies arrêtées. Dans le pays du Kaddish, la prière des morts, les cimetières se remplissent, les terres se nourrissent de ces corps fauchés, emballés dans des châles de prière et rendus tels quels à la poussière, car poussière tu redeviendras poussière. Dieu est appelé de partout.

Au XXIe siècle, les mots « Pogrom » et « Shoah » réapparaissent, Etgar Keret publie un texte traduit en français par *Libération*, je lui écris : « Les livres, le cinéma, les documents, les témoignages, les héros, la résistance. Tout ce que l'on a lu sur la Shoah ne nous a prévenus de rien, la culture ne nous a prévenus de rien. Je suis désespérée. » Il me répond que lui s'occupe à aider, là où il peut, comme il peut, frénétiquement, il ne peut faire que cela.

La morgue

Mille deux cents personnes sont mortes, deux cents à deux cent cinquante sont portées disparues ou otages. Le ministère de la Justice a donné son feu vert pour que les bases de données personnelles soient accessibles à tous les services. Les datas sont ainsi croisées, et la mission est d'identifier les corps et les morceaux de corps brûlés, démembrés, délabrés ou explosés le plus précisément possible. La police demande aux familles de se présenter avec des éléments d'identification à partir desquels on peut extraire un ADN.

Je travaille ce jour-là dans le plus important service d'identification, sur la base de la Shura, ouvert vingt-quatre heures sur vingt-quatre depuis l'attaque. C'est un ballet tout aussi dingue que celui du don du sang qui s'offre à moi, sauf que c'est la mort compacte, noire, contagieuse qui règne. La Shura est devenue une morgue géante. Des camions de l'armée chargés de corps entrent et ressortent non-stop dans cette morgue militaire. Alentour, des paquets de voitures sont garées n'importe comment sur cinq cents mètres. Des mères, des pères blêmes et en pleurs sont agglutinés aux barrières de sécurité, des juifs, des musulmans, des chrétiens, des femmes voilées, certaines avec leurs enfants. Du matin au soir, ces gens ont circulé d'un bureau à un autre avec des photos de leurs disparus, avec des éléments d'identification dérisoires devenus des trésors essentiels : une brosse à dents usée, un T-shirt sale, une godasse. Peut-être que l'ADN présent dessus permettrait de matcher avec celui d'un cadavre, là-derrière, dans les hangars. Car ici, au centre du pays, au milieu des champs, cette Shura abrite des immenses hangars dans lesquels des alignements quasi infinis de sacs en plastique blancs rangés sur des étagères attendent que la data matche, qu'un corps soit identifié et qu'enfin le nom d'une âme puisse être prié. Il y a pour le moment huit cents corps de civils, quarante et un cadavres de policiers identifiés, mais des sacs continuent d'arriver. Nous ne sommes pas loin de l'aéroport me dit-on, le ciel vidé nous écrase.

On voit loin mais on ne voit que la disparition, l'horizon est un néant. Ici une bâtisse du grand rabbinat, là de l'armée et devant nous ces hangars avec les grappes de familles collées devant. Des militaires, des policiers, des scientifiques, des médecins, des rabbins et bénévoles de Zaka s'activent et s'affairent pour apporter leur expertise dans les identifications. Il y a parfois des corps, parfois des morceaux de corps, parfois des petits bouts de corps. Il y a un mélange de morbidité absolue et de fugaces moments de vie. Une dame en blanc (infirmière ? laborantine ?) fume une clope assise par terre, épuisée, rivée sur un jeu d'iPhone, un gros religieux de Zaka, dossard fluo jaune sur le dos, avale un sandwich filocheux avec sa barbe dedans. Il y a quinze noirs, des *Black Hebrew Israelites*, qui ont installé cinq longues tables et trente fauteuils pliants au milieu des champs, ils se relaient nuit et jour pour offrir à manger et à boire aux familles tandis que derrière eux une moissonneuse-batteuse abat lentement du maïs. Son mouvement régulier est bouleversant à côté de l'agitation désespérée des familles et des bénévoles. Je suis écrasée par tout cela, la douleur et le malheur aidant, tout devient incohérent.

Une puis deux alertes à la roquette nous obligent au même rituel. Courir vers un abri. Celui devant le centre est déjà plein de gens endeuillés serrés avec leur douleur dans le cube en béton. Je n'arrive pas à entrer, à partager le même air confiné qu'eux parce que la mort occupe tout l'espace et qu'elle me fait très peur, elle va me reconnaître, me cibler et me contaminer. Alors, comme d'autres, je reste dehors, m'allonge par terre les mains sur la tête. Un soldat, couché lui aussi, met quelque chose sur moi. Et on attend. Le missile, l'anti-missile, le bruit, l'explosion, le petit cercle de fumée et la chute des débris. Quand vous êtes-vous couché par terre la dernière fois ? Quand avez-vous vu le sol de si près ? La bouche, le nez plaqués sur du sale, le corps tout entier sur du bitume ? Jamais bien sûr. C'est un renversement de toutes les valeurs que d'être au sol en entier en bonne santé.

Je contemple cette anormalité absolue. Sept millions d'années de régression. Je vois une masse de gens vivants mais couchés partageant le champ avec une masse de gens morts juste parce qu'ils étaient allés danser, ou qu'ils célébraient un week-end de fête en famille au kibboutz. Pourquoi ? Pourquoi aujourd'hui devait-on ramper ? Qu'a fait Israël ? Qu'a fait l'Occident pour se coucher par terre ?

Une phrase résonne dans ce paysage détraqué. L'énième déclaration du ministre de l'Économie d'extrême droite Bezalel Smotrich : « Nous devons être cruels. »

Du luxe

Un ami galeriste et collectionneur nous prête son chiquissime appartement au 18e étage de l'une des plus opulentes tours du centre de Tel Aviv : spa, gym, piscine, *rooftop*, quatre ascenseurs, *doorman*, etc. Il s'est réfugié à Londres avec sa famille. C'est pourtant un Israélien pur jus qui a connu la guerre, mais celle-là semble de trop. Avec Paloma, on ne pose pas de questions, on prend les clés et on découvre les joies d'avoir un six-pièces décoré luxe dans lequel tout marche. Surtout, on a un abri à nous, une pièce armurée dans l'appart. Le Home Front Command a envoyé une recommandation exceptionnelle sur les téléphones : une liste pour pouvoir rester dans les abris anti-missiles pendant soixante-douze heures. « Trois litres d'eau par jour et par personne, de la nourriture sèche, des lampes de poche et des radios à piles, une trousse de premiers secours et de l'argent en liquide. » Le message a provoqué une panique totale dans le pays, les supermarchés sont pris d'assaut, il ne reste plus rien nulle part. De toute façon, aucune de nous deux n'a eu le temps de faire quoi que ce soit comme courses – à quel moment ? On pose donc ce que l'on a dans notre abri, du chocolat, de l'eau, un matelas et on va regarder la vue du 18e étage, parce que c'est splendide et que c'est pas mal d'être riche. Plus je regarde la vue, plus je me dis que c'est aussi un peu absurde, voire concon d'aller ainsi construire contre les éléments. Un égarement d'architecte qui veut tourner le dos à l'Orient et ouvrir les bras à ce que la modernité clinquante de l'Occident fait de pire. Les tours, l'esprit môle, les baies vitrées, la clim' hiver comme été avec ses kilotonnes d'émissions CO_2, le métal et l'acier vite érodés par le sel marin, les terrasses en teck vite jaunies par un soleil à 40° C, du type BNF à Paris, je me dis qu'il faut pendre les architectes. Mais c'est beau, élégant, les plantes vertes et les succulentes sont parfaitement à leur place et on embrasse toute la baie de Tel Aviv, c'est tellement apaisant. À gauche le sud, Jaffa et l'église Saint-Pierre ; à droite le nord, l'ancienne centrale électrique Reading. Les parasols sont couchés, la mer et le sable forment un ruban assez sensuel, c'est merveilleux et silencieux. Sauf que là, juste là en bas, le 6 mars 1975, des terroristes du Fatah sont venus par la mer pour tuer des Juifs à l'hôtel Savoy dont on aperçoit le joli *rooftop* de notre balcon. Onze personnes avaient trouvé la mort, huit civils, trois soldats de Tsahal. Sept des huit terroristes avaient été abattus pendant la prise d'otages. Kochava Levy faisait partie des otages, une Israélienne modeste d'origine orientale, très brune, qui parlait arabe et avait servi d'intermédiaire entre l'armée et les terroristes. Par la suite, il est apparu qu'elle se trouvait dans cet hôtel avec un autre homme que son mari. Kochava a été traînée dans la boue par la presse et l'opinion : celle qui avait courageusement aidé les siens a été traitée de pute juive orientale. En novembre 2022, j'ai rencontré la réalisatrice Zoha Wagner qui avait consacré un très bon docu-fiction titré *Savoy* au rôle oublié de l'héroïne lors de l'attaque. Je l'avais justement rencontrée sur le *rooftop* de l'hôtel, elle me parlait de Kochava sur un mode post-MeToo : les femmes, leur puissance, tout cela. Puis elle m'a parlé des terroristes humanisés par son film. Elle compatissait avec eux, « avec ces Palestiniens qui voulaient combattre l'occupation », me disait-elle.

Mizrahi

Rachel Ederi est tout aussi orientale que Kochava, tout aussi brune, épaisse, marron, velue et chevelue, elle a tout autant un hébreu graisseux appris probablement dans une école de l'Alliance au Maroc ou dans les Ma'abarot – les tentes dans lesquelles on entassait tous les immigrants juifs au sud du pays dans les années 1940-1950. Une immense majorité d'entre eux avaient été expulsés des terres arabes et une plus petite partie était composée de survivants de la Shoah, mais tous étaient pauvres avant tout. Dina Zvi-Riklis, la femme du réalisateur Eran Riklis (*Les Citronniers*, *La Fiancée syrienne*) a réalisé en 2014 une très bonne série documentaire en quatre épisodes sur ces tentes, sur la discrimination institutionnelle dont étaient victimes ces pouilleux religieux et quasi analphabètes venus d'Afrique du Nord ou du Moyen-Orient. Rachel Ederi vient de là, elle habite Ofakim, au sud du sud d'Israël. On dit aussi aux bordures ou à la périphérie. Le 7 octobre, cette Mizrahi est devenue une vedette nationale. Lorsque les terroristes, après avoir tué tout ce qui était possible dans les rues, ont commencé à s'attaquer aux maisons, cinq d'entre eux ont braqué son modeste pavillon dans un lotissement d'Ofakim mais elle et son mari ne se sont pas démontés. Pendant les dix-sept heures qu'a duré leur séquestration, Rachel a fait preuve d'un courage candide et déconcertant. Comme le ferait une vieille mère juive, elle a parlé avec eux en arabe, les a assis dans son salon, leur a offert du café, du thé, des gâteaux, leur a demandé d'où ils venaient tout en guettant du coin de l'œil l'arrivée de son fils policier, c'est presque si elle ne leur a pas demandé ce qu'ils faisaient dans la vie. Puis comme dans un conte pour enfants, les gentils ont été sauvés et les cinq méchants abattus. Des parodies hilarantes de Rachel d'Ofakim tournent sur TikTok, on voit notamment des soldats partir confiants et invincibles vers Gaza parce que dans leur barda il y a les petits gâteaux de Rachel. Des graffitis à son effigie en Wonder Woman sont tagués à Jérusalem et Tel Aviv par le célèbre collectif féministe Graffityul, elle a depuis rencontré Joe Biden et sur Instagram elle donne la recette de ses petits gâteaux à ses followers.

L'humour est la seule racine maigrelette qui émerge de la terre catastrophée d'Israël, il reste encore ça. Des blagues, des détournements et des mises en scène avec des soldats inondent les réseaux sociaux. Des contenus qui sont aussi conjuratoires dans un moment où tout le monde a en tête « l'imminence d'une offensive terrestre à Gaza » avec son lot de morts, de blessures, de sang, d'amputations, de comas, de séquelles à vie pour des jeunes de vingt ans.

Bring them home and bring them home now

Et Avishai Brodutch installa sa chaise. Cet ingénieur agronome ne dort plus, ne mange plus, ne boit plus et ne respire presque plus depuis une semaine. Le crâne rasé, barbe de trois jours, hâve, désespéré, il est assis tout seul sur le trottoir devant le ministère de la Défense, boulevard Kaplan à Tel Aviv, avec un bout de carton sur lequel on lit « Ma famille est à Gaza » écrit à la main. Le jour de l'attaque, il n'était pas dans son kibboutz de Kfar Haza, mais Hagar, sa femme, trente-neuf ans, Ofri dix ans, Yuval huit ans et Oryia quatre ans, si. Un groupe cagoulé est entré dans leur jardin, ils ont dû voir la nature, les fleurs, le soleil, les jouets, le petit déjeuner familial dans cette maison en bois et les ont brutalement embarqués dans des pick-up sous la menace de fusils-mitrailleurs. La terreur.

Parmi les extraits d'interrogatoires publiés par le renseignement intérieur israélien, on a pu lire celui du terroriste Amer Abou Hosha sur Kfar Haza. « Nous sommes entrés dans une maison par la fenêtre, nous avons entendu le bruit d'enfants qui se trouvaient dans l'abri anti-missiles. Nous avons tiré dans leur direction, jusqu'à ce qu'on n'entende plus rien, nous n'étions pas censés kidnapper, seulement tuer. Tuez toutes les personnes que vous voyez, puis revenez. » Ce sont les ordres qu'il a reçus de ses chefs du Hamas, explique-t-il. « Nous sommes allés dans une deuxième, puis troisième maison. Nous avons tiré sur les fenêtres et brisé les vitres. La maison était vide, j'y ai mis le feu. » « Nous sommes entrés dans une quatrième maison. Il y avait une femme, on lui a tiré dessus. »

Tout a été saccagé autour d'Avishai Brodutch, les siens, ses amis et ses voisins. Soixante-dix terroristes du Hamas ont forcé l'entrée de son kibboutz, soixante-deux personnes ont été tuées. Dans les décombres, on a retrouvé des corps calcinés, les mains attachées dans le dos. Sa femme et ses trois enfants ont été pris en otages, au total dix-neuf personnes dont sept enfants, le plus petit avait trois ans. Depuis il n'a eu aucune nouvelle, ni d'eux évidemment mais pas non plus de l'armée, ni du gouvernement, ni de la police, ni du Shin Bet, ni du Shabak, ni du Mossad. Personne. Une semaine après l'attaque, il est complètement seul, ne bouge plus de sa chaise sur ce trottoir de Tel Aviv. Là, sur ce bout de ciment face à l'impénétrable QG de la Défense, ce mari, ce père brisé demande des comptes à son gouvernement.

En moins d'une heure, il est rejoint par un nouveau peuple d'Israël qui jour après jour, semaine après semaine, ne cesse de croître et de se multiplier. De plus en plus organisé, de plus en plus bruyant : les familles d'otages accablées par le chagrin, rongées par la colère.

Avec la même solidarité que ceux qui ont donné leur sang ou préparé des colis, des hommes d'affaires, des bénévoles, des jeunes startuppeurs, instagrameurs et influenceurs mettent leurs réseaux à profit pour faire de ces familles d'otages un nouveau pouvoir baptisé Bring Them Home, très vite devenu Bring Them Home Now (petite nuance politique qui implique d'accepter une négociation immédiate, soit pour certains une forme de reddition). Un avocat généreux, dont le neveu Omer Shem Tov, vingt et un ans, est détenu par le Hamas, offre deux étages de son building à ce collectif. Un communicant et ancien homme politique de gauche en prend la direction, des coordinations israélienne et internationale sont créées, un site Internet et des relais sont mis en place, une identité visuelle émerge en noir et rouge, les photos, les histoires et les parcours de vie de 239 otages sont quotidiennement mis à jour, enfin le ruban jaune se répand partout, fenêtres, rétroviseurs, revers de veste, bracelet… Partout. Le même ruban jaune arboré par l'Amérique en 1979 lorsque cinquante-deux diplomates et citoyens américains étaient séquestrés dans leur ambassade à Téhéran pendant quatre cent quarante-quatre jours. Désormais équipées (nourries par des bénévoles et des dons), les familles d'otages campent sous les fenêtres du Premier ministre et de son cabinet de guerre, sur des chaises, dans des tentes et des barnums en plastique, leurs larmes commençant à faire un bruit phénoménal.

La Nova Fest

Ronit Farm près de Césarée. Magali Berdah, la papesse de la téléréalité, s'est mariée ici dans le plus beau et plus cher domaine d'Israël. À Ronit Farm, on célèbre des mariages et des Bar Mitzvah hors de proportions, les buffets casher s'engloutissent sous des décorations extravagantes, on peut s'unir sur le lac, dans l'amphithéâtre, dans le parc vallonné ou dans les trois gigantesques salles qui sont proposées. Qu'est-ce qui différencie un mariage juif d'un mariage goy ? Les zéros sur le chèque (quoique les mariages libanais soient assez exubérants aussi, sacré Moyen-Orient). Au mois d'août, celle qui s'est battue contre Booba dans l'affaire des « influvoleurs » y a scellé son union devant trois cent cinquante invités dont Maeva Ghennam, Laura Lempika, Océane El Himer et Kevin Guedj (douze millions de followers au total sur Instagram). La star israélienne Eden Ben Zaken est venue chanter au milieu des feux d'artifice et de la féerie aquatique.

Aujourd'hui, Ronit Farm ne reçoit plus de clients venus étaler une richesse obscène mais les survivants de la Nova Fest. Le domaine s'est mué en centre de réhabilitation mentale et physique pour tous ceux qui ont réchappé au massacre de la rave-party. L'immense espace a radicalement changé. Où est le clinquant ? Où est le monde d'avant ? L'air est saturé par la tristesse et l'ambiance babacool qui y règne est en réalité synonyme de survie. Il y a des attrape-rêves, des bougies, des ateliers de yoga, de massage, de poterie, d'art-thérapie. Des petits groupes de jeunes chevelus jouent de la guitare sur des tapis ou sont réunis en cercles de parole, pieds nus, en tailleur, tous profondément accablés.

Dans l'élan de solidarité nationale qui unit Israël, les propriétaires ont offert tout le parc à ceux qui ont échappé au massacre, des professionnels viennent offrir leur savoir-faire et des bénévoles servent de la nourriture gratuitement. À la Nova Fest, le 7 octobre vers 7 h 30 du matin, ils étaient environ quatre mille jeunes répartis sur plusieurs sites en plein désert à cinq kilomètres de Gaza pour célébrer la musique électro, le *body art*, la nature et le lever du soleil, certains sous MDMA, sous champignons, sous ecstasy, sous cocaïne, sous kéta, d'autres tout à fait clean dans le pur esprit du Tribe of Nova. Chez les teufeurs, le lever du soleil c'est l'acmé d'une rave, le moment où l'on communie avec les éléments dans la musique. Il faut imaginer une sorte de coït mystique et libertaire en pleine nature. Imaginer les connexions entre leurs neurones. Il faut imaginer maintenant, lorsqu'ils ont entendu la sirène, comment leurs cortex ont réagi face au danger. Combien leurs réflexes étaient amoindris. Quel temps ils ont mis pour relier la musique, les BPM, les sirènes anti-missiles. Comment ils ont compris le danger et tenté de s'échapper. Les services de sécurité leur ont dit de fuir, puis de rester sur place plutôt que d'essayer de s'enfuir. Où ? Comment ? En voiture, à pied, en courant ? Il faut imaginer ce qu'ils ont vécu et remercier ici l'animateur et producteur Arthur d'avoir pesé pour que le documentaire de Duki Dror *Supernova : massacre à la rave party* soit diffusé sur CNews et qu'un public extérieur, sceptique ou hostile puisse comprendre l'effroi.

On y voit une scène qui a tourné en boucle, le gars en poncho noir qui ne sait pas où détaler. On y suit tous ces gamins poursuivis dans le désert comme du bétail le serait par une meute. Ils subissent une descente effroyable ou une montée en furie, ils se cachent dans la forêt, rampent dans des buissons de cactus, se font passer pour morts sous les corps de leurs camarades. Ils racontent s'être abrités derrière des stands, dans les toilettes sèches, dans leurs véhicules bloqués afin d'échapper aux tirs. En vain. Leurs amis ont été canardés, raflés, violentés et violés. Deux cent soixante teufeurs ont trouvé la mort. Ce que l'on a retrouvé de leurs corps – parfois des bassins de femmes fracassés – dépasse ce que je peux écrire. Mes mots meurent.

Les images des caméras GoPro des soldats arrivés le lendemain sur le site ressemblent à un jeu vidéo, mais c'est du réel. De l'atroce réel. La mitraillette du soldat pointe et la caméra suit ses découvertes macabres, à gauche, à droite, partout des cadavres étendus au sol comme des polochons ou pliés dans des voitures brûlées. Des corps et encore des corps occupent tout le champ de vision et plus la caméra avance, plus on entend la voix brisée du soldat découvrant les morts : « Oye va voye, oye va voye, ièch michu ? Il y a quelqu'un ? Oye va voye, il y a quelqu'un ? Il y a quelqu'un ? Oye va voye ! » Et comme dans *Titanic* avec le type et sa lampe de poche sur la barque, on entend le soldat crier : « S'il y a quelqu'un de vivant, faites signe ! »

Tamar Gutman, vingt-sept ans, en deuxième année de droit, avait été en contact pour la dernière fois avec sa sœur Adva vers 7 h 30. On l'avait crue otage. Le 3 novembre, ses restes ont été authentifiés.

Au petit matin, Adir et Shiraz Tamam, quarante et trente-huit ans, étaient en voiture sur la route du Festival avec leur amie Céline Ben David, trente-deux ans. Son dernier message à son mari Ido ? « Ne t'inquiète pas, les soldats sont là. » C'étaient des terroristes déguisés en uniformes de Tsahal. Pour leur échapper, le trio s'est planqué dans un abri, Adir a été blessé dehors puis tué, Shiraz et Céline Ben David ont été explosées à la grenade dans l'abri. Goshen, dix ans, et Gili, sept ans, les deux petites filles de Adir et Shiraz sont désormais orphelines, Céline Ben David laisse Ellie, un bébé de six mois qu'elle allaitait. Elle a été enterrée le 17 octobre.

Les quarante bébés

Je suis allée à la conférence des familles d'otages franco-israéliens le 12 octobre. C'est là que le visage heureux de Céline Ben David m'est apparu pour la première fois en photo, que j'ai vu sa petite Ellie dans les bras de sa grand-mère ainsi que son mari Ido, tellement livide, tellement maigre. C'est là que j'ai pleuré à nouveau. Après la conférence, ils retourneraient dans leurs hébergements d'urgence ou leur maison, seuls, dans le malheur, sans personne pour leur donner de nouvelles, les lits seront vides, le manque sera partout jusqu'au soir, la nuit, le lendemain matin et encore après. La conférence avait lieu au Carlton, son nom ronflant et sa vue magnifique sur la plage en font l'un des hôtels les plus prisés des touristes français. Arik, jeune gars de la tech, a aidé bénévolement les familles des dix-neuf binationaux présumés kidnappés et les treize disparus à communiquer. Dans la salle lumineuse du *breakfast*, une estrade est installée avec une table et cinq portraits de Franco-Israéliens portés disparus. Six de leurs proches dont Ido, le bébé dans ses bras, attendent la presse. Comme il y a à manger et à boire, caméramans et techniciens viennent piquer des boules de melons verts devant les familles étourdies, hagardes, noyées dans ce qui leur est arrivé. Ni l'ambassadeur, ni le consul, ni le commissaire, ni même le conseiller culturel ne sont là, il n'y a aucun officiel français. En revanche notre meute est bien présente. Je repère tous les principaux médias français... La presse écrite est assise devant, les télés debout derrière, les radios agenouillées sur le côté et c'est en masse que l'on pose des questions déplacées à des gens disloqués. Il y a bien eu quarante bébés tués ? Décapités ou brûlés ? Mes yeux passent de la meute à Batsheva Yaalomi sur l'estrade, passent de nous vivants à une mère quasi morte accrochée dans son malheur à la photo de son fils. J'ai honte.

Toute la famille de Batsheva Yaalomi était au kibboutz Nir Oz, dans leur abri qui ne fermait pas bien. Elle, le bébé, sa fille de dix ans, son fils de douze ans et son mari Ohad. À dix heures du matin, Ohad a décidé de sortir avec un flingue pour protéger la porte, Batsheva a alors entendu des tirs, des cris et les terroristes sont entrés dans l'abri. Elle a été embarquée à moto avec le bébé et sa fille, tandis qu'Eytan, son garçon, était kidnappé sur une autre moto. Dans la fuite, elle a vu Ohad blessé au sol, le kibboutz brûlé et pillé. J'ai vu les images du pillage. Les terroristes prenaient tout et n'importe quoi, des objets parfois dérisoires – à la mesure de la misère matérielle dans laquelle ils vivent ? Les câbles de télévision, des objets divers, ce qu'il y avait dans les voitures, dans les meubles, dans les placards des cuisines puis après ils brûlaient ce qui restait. Dans sa course, la moto de ses terroristes a dérapé dans un champ, Batsheva a pu s'échapper pieds nus avec ses deux enfants, mais l'autre groupe de ravisseurs a poursuivi sa route sur l'autre moto, devant elle, avec son fils Eytan dessus.

La toute jeune Gaya Calderon raconte qu'elle ne sait plus où dormir, son kibboutz de Nir Oz a été pulvérisé. Ses larmes coulent. Hadas, sa mère, est à ses côtés. Carmela-Dan, sa grand-mère, quatre-vingts ans, et sa cousine autiste Noya, douze ans, ainsi que son père Ofer et ses deux frères de douze et seize ans ont été kidnappés. Elle n'a plus de toit et pas de nouvelles.

Idem pour Sandra Suissa, plus aucun signe de sa fille Moria, vingt-quatre ans, après qu'elle lui a parlé en direct de la Nova Fest : « Maman, maman, il se passe quelque chose… »

Meitav Journo a eu le dernier contact avec sa sœur Karine, vingt-quatre ans, à 8 h 42. « Sachez que s'il m'arrive quelque chose je vous aime. On a entendu des coups de feu et puis plus rien », dit-elle en pleurant. À ses côtés, son père Doron Journo, T-shirt noir, crâne rasé, carrure d'athlète, répète en boucle, comme un soufi en transe dans son malheur : « Ma fille, elle voulait seulement danser, ma fille elle voulait seulement danser », comme un soufi en transe dans son malheur. Meitav interpelle devant nous le président Macron : « Tu as le pouvoir ! Fais quelque chose. »

Par la suite, tous les visages souriants des photos de ce matin-là ont été identifiés, tous ont été déclarés morts, sauf Eytan, douze ans, qui par « chance » était séquestré dans un tunnel à Gaza.

« Est-ce qu'il y a bien eu quarante bébés ? Est-ce qu'ils ont bien été décapités ou bien seulement brûlés ? » Dès le 10 octobre, les journaux s'emparent de cette question cruciale. Sous couvert de recherche de la vérité, avec ces articles, c'est l'entièreté des horreurs qui est mise en doute pour le lecteur français. Or, la société israélienne est la plus capable au monde de se tirer toute seule une balle dans le pied au nom de la vérité. Personne dans le pays n'a attendu l'obsession de la vérité à la française. Le site israélien *Ynet* et le quotidien *Haaretz* publient des enquêtes aux conclusions épouvantables, notamment une bombe sur les rabbins qui ont procédé à l'identification des corps. Le papier révèle que le rabbinat militaire, le Home Front Command et l'organisme Zaka se sont précipités pour enterrer les victimes le plus vite possible au nom de la religion. Beaucoup de traces importantes ont été négligées, les voilà disparues, effacées. Des sacs de corps ont été reconditionnés, des objets ont été oubliés à l'intérieur. Aucun des services n'a été coordonné, ni documenté. Un chaos total.

Et des preuves perdues à jamais.

Début décembre, le site israélien *Ynet* publie une enquête minutieuse sur le nouveau décompte des victimes. Celui des enfants nous plonge à nouveau dans l'accablement le plus total. Non pas quarante bébés, certes. Mais vingt-huit victimes avaient entre dix et dix-sept ans, sept enfants avaient entre deux et neuf ans. Un bébé d'à peine dix mois avait été tué. Tous morts, tous assassinés.

Street Art de larmes

Un missile est tombé à une rue de chez moi. En passant prendre des sous-vêtements et une chemise, je vois le cordon de police, l'impact sur le toit d'un petit hangar. Une bicoque en tôle ondulée affaissée entre d'autres hangars. Cette rue est composée d'artisans, menuisiers, ferrailleurs, réparateurs de vélos, de vilaines galeries d'art, on y trouve aussi une épicerie, un *vintage shop* pas du tout attrayant, une pizzeria *take away* et une synagogue. Une rue classique sale, vestige de souk moyen-oriental biscornu, avec de la poussière de bois, du bruit, des trottoirs défoncés, des graffitis à foison, un ou deux palmiers et des grappes de bougainvilliers roses. Les hangars sont parfois habités, la lumière vient alors d'une modeste ampoule ou de néons au plafond, tout y est très rudimentaire, un lit, un ordi, un canapé, c'est sombre, l'eau envahit tout lorsqu'il pleut. Un ami français chirurgien venu me rendre visite m'avait dit : « C'est la Syrie ici ou quoi ? » Mais le *real estate* grignote tout ça avec gourmandise. Le missile a fait deux blessés graves, j'observe la béance avec les badauds, j'aperçois un bout du lit du locataire sous les gravats, un pan de carrelage de cuisine, du mobilier cheap renversé. Un petit groupe fait beaucoup de bruit à côté de nous, c'est le *street gang* de l'artiste Pink. Débraillés, T-shirts noirs de hard-métalleux, des kyrielles de boucles d'oreilles, les cheveux longs mal attachés, ces espèces de punks à chiens sont désespérément malheureux, seuls dans leur peine, alors ils taguent. D'abord le chiffre trois barré, un quatre, avec les mots « J'avais trois, quatre amis vivants ici » et puis, ils taguent ensuite un énorme « PINK » en rose. Ils m'expliquent que c'est le nom d'artiste d'Inbar Haiman, vingt-sept ans, étudiante en art à Haïfa, « une graffeuse connue », disent-ils, volontaire à la Nova Fest. Pink s'était d'abord cachée sous une scène avec des amis, puis sous un buisson. Elle y a été capturée comme une bête. Elle avait été trouvée par deux terroristes armés de couteaux qui l'avaient tirée sur une moto. Ils me disent aussi qu'ils ont tagué son nom sur trois cents mètres de remblais sur l'autoroute pour attirer l'attention, « aucune voiture ne peut la manquer ». C'est tout ce qu'ils ont, c'est tout ce qu'ils peuvent faire. Le 16 décembre, on a appris que Pink avait été assassinée. Sur Telegram circule une vidéo d'elle postée par le Hamas, on la voit ensanglantée, battue, entourée de quatre hommes.

Solal à la Société des nations

Je lis les journaux israéliens sur Google Trad depuis onze ans – non, ce n'est pas bien de ne pas savoir lire, mais jamais je n'aurais réussi à lire Amos Oz dans le texte de toute façon, alors à quoi bon. C'est un « ouaaaah » que je prononce presque à haute voix en lisant les sites de *Haaretz*, d'*Ynet* et du *Jerusalem Post* traduits parfois comiquement. « Ouaaaah », je ne trouve aucun article pertinent sur la visite d'Emmanuel Macron, ni sur celle de la ministre des Affaires étrangères Catherine Colonna et encore moins sur celle de Yaël Braun-Pivet, présidente de l'Assemblée nationale. Punaise, ici la France c'est rien, zéro. En novembre 2012, je ne sais plus comment, j'ai assisté à la conférence de presse de Laurent Fabius à la résidence privée de l'ambassadeur de France à Jaffa et j'en étais arrivée à la même conclusion.

Israël avait lancé l'opération « Pilier de Défense », Fabius était à l'époque ministre des Affaires étrangères et du Développement international. Au regard du 7 octobre, cette opération semble peu de chose. En novembre 2012, plus de neuf cents roquettes lancées de

Gaza avaient atteint Israël, plus de quatre cents autres avaient été interceptées, l'armée israélienne avait frappé mille cinq cents cibles, dont dix-neuf centres de commandement, six Israéliens dont quatre civils avaient été tués. Tsahal avait commencé par éliminer le terroriste Ahmed Jaabari, chef de la branche armée du Hamas, responsable entre autres de l'enlèvement du soldat Gilad Shalit. Bon, c'était une énième guerre contre Israël qui avait provoqué une agitation dans toute la région et la France voulait prendre sa part.

La visite de Fabius avec quelque chose de surréel, d'abord en raison de la vue magnifique sur la mer depuis la résidence alors que des missiles nous tombaient dessus, ensuite à cause du barnum sécuritaire. Quatre 4×4 SUV avec des jeunes en costard façon *Men in Black* dedans, oreillettes et gigantesques fusils-mitrailleurs d'usage. Fabius était arrivé dans une limousine avec gyrophare et chauffeur à kippa. Aucun véhicule n'avait de plaque d'immatriculation. Il y avait le vrai Charles Enderlin devant moi, les journalistes devaient donner leur nom à l'entrée, l'un avait dit « Bibi Netanyahou », l'autre « Bibi Fricotin », les vigiles n'avaient pas saisi. Laurent Fabius, qui ressemblait de plus en plus à Michel Jonasz, expliquait qu'il avait vu tout le monde, d'Hillary Clinton à Bibi (le vrai), en passant par Ban Ki-moon, Barak, Peres, les Égyptiens, Abbas, les Turcs, le Qatar. Et puis, il avait sorti un mot bizarre : « Facilitateur ». La France est un « facilitateur ». Il parlait de garanties, de négociations, de cessez-le-feu, il évoquait les morts et la souffrance. La presse française lui posait des questions, la presse israélienne n'en posait pas. Et puis il est reparti. Arrivé le matin, reparti le soir, avec tout ce monde à voir. *Facilitateur*… Les lapins des enfants de l'ambassadeur passaient dans le jardin, tout était con. J'avais pensé à l'époque à ce passage exceptionnel de *Belle du Seigneur*, lorsque les Valeureux vont à la Société des nations et que Solal leur explique les différentes étapes pour régler un conflit : « On écrit des lettres. »

Au regard du 7 octobre, ce que m'a dit ce soir-là le réalisateur Eytan Fox (*The Bubble*, *Yossi*, *Tu marcheras sur l'eau*) est épouvantable et laisse présager un futur aussi rétréci et épais que de la laine bouillie. Eytan Fox était heureux et accablé, heureux parce qu'il venait de finir un film avec Roschdy Zem, accablé parce que cet ancien parachutiste de Tsahal, fer de lance de la gauche arty israélienne, réalisait que c'était « sans fin ce conflit, qu'il ne s'arrêterait jamais ». Sa mère, me disait-il, « invitait des Palestiniens pour shabbat » : « Vous réalisez que désormais c'est inenvisageable, inimaginable, impossible ? »

Nous sommes le 15 octobre, l'offensive terrestre de Tsahal n'a pas encore démarré. La France vient faire sa part. La chef de la diplomatie française apparaît très ébranlée dans un lounge de marbre du terminal privé de l'aéroport Ben Gourion dénommé « Fattal ». Catherine Colonna clôt un périple de vingt-quatre heures. À l'heure où elle s'exprime, dix-sept Français ont été fauchés et quinze ont disparu. « J'ai été frappée par l'indicible des horreurs et des scènes », « Ce sont des massacres, des viols, des prises d'otages de personnes âgées, d'enfants », « Rien ne justifie jamais le terrorisme et il n'y a pas de mais », a-t-elle martelé. Elle était blême, la rumeur dit qu'elle a dû se coucher par terre en pleine nature l'après-midi à cause d'une alerte à la roquette. Et puis comme pour Solal, comme pour Fabius, le « mais » est quand même arrivé, suivi juste après des mots dans lesquels se nichent la diplomatie en version haute ou l'hypocrisie en version basse, un genre de chèvre et de chou irréconciliables parce que la guerre c'est moche et ça tue. « La réponse d'Israël est juste si elle est conforme au droit international et préserve la population civile. » Et Colonna de s'envoler pour Le Caire à la rencontre du général Al Sissi et la presse israélienne du lendemain de s'en ficher un peu.

Pour sa part, Yaël Braun-Pivet est venue avec entre autres Éric Ciotti, président des LR, et Mathieu Lefèvre, député Renaissance et président du groupe d'amitié France-Israël. Visiblement très choquée par sa visite, elle tweete elle aussi « que la France est liée à la douleur d'Israël par le deuil, l'attente du retour des otages, qu'Israël est légitime à se défendre dans le respect du droit international ». Le « mais » est caché dans l'espace entre le mot « défendre » et « respect du droit international ».

Giorgia Meloni pour l'Italie, le président chypriote Níkos Christodoulídis, Rishi Sunak pour l'Angleterre, Olaf Scholz pour l'Allemagne, Kyriákos Mitsotákis pour la Grèce, et bien sûr Joe Biden, quelques grands de ce monde apportent leur soutien à Israël ravagé.

Le dernier décompte annonce mille quatre cents victimes dont quarante-deux Franco-Israéliens tués, cinq mille blessés, deux cent trente otages dont neuf Franco-Israéliens et parmi eux trois enfants. J'ai tapé « Pogrom » sur Google, cliqué sur le site de *Holocaust Encyclopedia*, entré des mots-clés dans des sens invraisemblables, combiné toutes les époques, tous les pays : jamais, jamais on n'avait tué autant de Juifs en même temps en une journée depuis la Seconde Guerre mondiale. À la télé, c'est ce record qui suinte sur la face de Netanyahou, juste au-dessus de sa chemise de deuil, juste en dessous de son Régé Color argent. On apprend que le plus grand nombre de binationaux victimes du 7 octobre sont des Franco-Israéliens.

Neuf jours après Colonna, le président Emmanuel Macron accomplit sa visite. Le président français fut le seul des quatre chefs d'État venus en Israël à être allé à Ramallah. En deux jours, il se rendait sur trois fronts. Très ému, il avait le matin enlacé Hadas Calderon, il avait rencontré les proches de Mia Shem (la jeune tatoueuse dont on avait vu l'épouvantable vidéo envoyée par le Hamas) et une vingtaine de familles d'otages binationaux. Puis il avait mené des rencontres avec le président Isaac Herzog, Benny Gantz, Yaïr Lapid et bien sûr le Premier ministre. Il fit un déplacement millimétré à Ramallah pour s'entretenir avec Mahmoud Abbas dans l'après-midi et repartit le soir au Terminal Fattal de Ben Gourion, direction Amman en Jordanie pour rencontrer le roi Abdallah. Un voyage d'équilibriste suractif clôt par un discours impeccable.

Il rappela que l'objectif principal de son voyage était de « libérer les otages » : « Avec Israël et d'autres partenaires [qu'il n'a pas nommés], la France met tout en place pour leur libération [...]. Lorsque nous avons vécu cette terreur, vous étiez à nos côtés le 11 janvier 2015 et nous pleurions nos morts. » Il sortit la fameuse punchline : « Une vie palestinienne vaut une vie française qui vaut une vie israélienne. » Puis dans le pur esprit de la « voie singulière de la France » évoquée la veille par la Première ministre Elisabeth Borne, affirma qu'« Israël a le droit de se défendre, c'est une cause juste point final ». Le petit groupe de mots arriva juste après : « Lutter contre le terrorisme ce doit être une lutte sans merci mais pas sans règle. »

Beaucoup de missiles sont tombés ce jour-là, aucun n'a eu d'incidence sur le cortège présidentiel. Avant d'arriver au fameux terminal « Fattal » dédié aux VIP, j'ai dû m'abriter à l'entrée de Ben Gourion parce qu'une roquette était lancée sur notre zone. J'ai découvert les abris blindés à l'entrée de l'aéroport, de grandes pièces jaunâtres gardées par des Éthiopiennes en service, je n'ai pas eu le droit de faire de photos, ni de leurs visages, ni de leurs uniformes, ni de leurs mitraillettes. Dans le terminal, dans le marbre et la lumière, c'est un buffet gargantuesque qui a été offert aux personnalités présentes. Le président n'est pas apparu, Ofer Bronchtein et Amos Gitai étaient invisibles aussi, seul le député Meyer Habib s'affairait sur des millions de petits sandwichs dans un blazer à écusson doré de toute beauté, ils partaient tous à Amman. En quittant les lieux – en pleine déréalisation pour cause de Prosecco gratuit –, j'ai aperçu dans la salle VIP un empilement de petites *lunch box* en carton destinées aux *guests* de l'avion présidentiel. C'était vraiment cheap pour des gars qui allaient relancer un processus de paix.

J'ai commencé à nourrir une obsession pour ce fameux « mais » et je l'ai scruté partout, dans tous les discours, dans tous les papiers, dans toutes les interventions. Il y en a eu beaucoup. Pourtant, au fil des jours, plus on s'éloignait du 7 octobre, plus le « mais » disparaissait des plateaux, des articles, des prises de position, des *posts*. Il n'y a plus eu de « mais ». Israël n'a plus eu le « droit de se défendre, mais ». Israël était coupable, point.

Légendes sportives juives

Ça suinte l'absence. Malgré la moquette, le buffet de fruits pour les journalistes, la cohorte de photographes et l'ébullition des caméramans, il n'y a que l'odeur du vide qui s'insinue et nous entraîne dans son abîme. On les voit, ils sont là devant nous derrière une table avec écrits à la main leurs noms et les noms de leurs enfants manquants. On n'ose pas croiser leurs regards, il n'y a là que des orbites noires, des yeux vitreux. Nos poitrines sont écrasées, nos respirations sont coincées, nous chutons avec eux. Tel Aviv comme le reste du pays est toujours sous les alertes à la roquette, on a passé nos journées à se mettre dans les abris, la vie est ralentie et lorsque nous arrivons fatigués à la tombée de la nuit, c'est ce vertige du vide qui nous prend. Je suis au nord de la ville dans le sous-sol d'un complexe hôtelier, une sorte de résidence servant à la formation et à l'hébergement des sportifs israéliens, un lieu disproportionné par rapport aux résultats du pays dans les compétitions mondiales (dans l'ascenseur je ne peux pas m'empêcher de penser à la blague juive : quel est le livre le plus fin du monde ? *Légendes sportives juives*). Il n'empêche que cet immense et luxueux complexe olympique est mis à la disposition de familles israéliennes de disparus, les premières à se fédérer. C'est un tout jeune bénévole qui manage la presse et les caméras. Il y a là, derrière une longue table, Ori David, le père de deux filles Odaya et Tair, vingt-six et vingt-trois ans, il y a là Batsheva Iluz, la mère d'Elia, vingt-sept ans, il y a là Malki Shem Tov, le père d'Omer, vingt et un ans, une petite dizaine de parents blêmes, ravagés. Leur malheur nous atteint immédiatement parce que pour la première fois depuis l'attaque, les disparitions sont réellement palpables. Derrière et autour de nous sont entassés n'importe comment leurs familles et leurs soutiens sur des chesterfields capitonnés. Un échantillon représentatif de la société israélienne, des religieux barbus, des femmes aux foulards noués haut sur la tête, des laïques. Il y a des personnes très âgées et d'autres très jeunes, frères ou sœurs, cousins, tantes de ceux qui ont disparu, habillés encore en mode soirée de ce long week-end de fête, ongles longs, T-shirt strassés, Samsung géants. Mais dans cette salle de réception aux mille lumières et remplie de monde, tout n'est qu'absence, on ne voit que des gens pleurer, serrer leurs mouchoirs, on n'entend que des reniflements. Les parents prennent la parole, ils racontent les derniers moments au téléphone avec leur enfant : « Maman on ne sait pas où aller, papa on ne sait pas quoi faire, aide-nous maman, aide-nous, on est caché dans les bois, ils nous tirent dessus, papa fais quelque chose… » Et malgré les « ne bouge pas on va te sortir de là », ils s'en veulent de n'avoir rien pu faire. Le père d'Omer a reçu la localisation de la voiture de son fils vers dix heures du matin, « il était de plus en plus paniqué », avec sa femme, il a vécu en direct la disparition de leur fils, impuissants, fous de rage, ils ont suivi le petit signal bleu de la voiture se dirigeant vers Gaza et après plus rien. Le petit point bleu, c'était leur fils. J'ai pensé à leurs premières échographies, lorsqu'ils ont vu les petits points blancs sur l'écran, c'était aussi leur fils ce jour-là, c'était la joie et le bonheur, il avait sa vie devant lui. Ces familles sont écrasées par la souffrance, elles veulent un interlocuteur, quelqu'un qui leur parle, leur donne des nouvelles. Ils n'en ont aucune et ne savent rien, mais à cette heure ni le gouvernement, ni la police, ni l'armée, ni les services secrets ne savent quoi que ce soit. C'est le chaos.

On apprend au passage que Yaïr Golan a eu un geste héroïque comme quelques autres dont Rami Davidian, 58 ans, simple fermier du moshav Patish qui a sauvé la vie de 750 jeunes qui fuyaient la Nova Fest. Yaïr Golan comme Rami, comme des dizaines d'autres anonymes, en plein chaos. Ce sexagénaire a été entre autres vice-ministre de l'Économie, ancien chef d'état-major adjoint et vice-ministre de la Sécurité intérieure, soit numéro deux de Tsahal. Il n'est pas tellement fédérateur dans le pays. D'abord parce qu'il est au Meretz, un parti d'extrême gauche très minoritaire auquel adhèrent tous les bobos de Tel Aviv (une coquetterie seulement possible en Israël qui me permettait à moi, Juive de France, de voter extrême gauche sans donner ma voix à des antisionistes et/ou antisémites – jubilation totale). Ensuite parce qu'il s'est fendu de déclarations ayant fait grand bruit, notamment en 2016 lorsqu'il a déclaré : « S'il y a quelque chose qui m'inquiète dans les commémorations de la Shoah, c'est de voir les processus nauséabonds qui se sont déroulés en Europe il y a quatre-vingts ans et de voir des signes de cela parmi nous » – réitérant en 2019. En 2021, il parlait d'« armée d'occupation », de « colonies ». Enfin en 2023, farouchement opposé à Netanyahou, il appelait les Israéliens à la « désobéissance civile non violente » et l'on pourrait encore mentionner son souhait de séparer la religion de l'État. Bref, Yaïr Golan n'était pas très aimé. Mais le 7 octobre au matin, « le traître à Israël » a pris son *gun*, un casque, ses bottes de général de Tsahal et sa petite Toyota grise et il est allé tout seul sauver des gosses de la Nova Fest qui avaient fui à pied et se cachaient dans les broussailles près de Gaza. Deux de ses fils sont au front, l'un au sein de l'unité d'élite Maglan et l'autre dans un bataillon de blindés, l'un au nord, l'autre dans le sud. Un héros.

À tel point qu'on a vu un jeune ultra-orthodoxe déclarer : « J'ai voté pour Ben-Gvir [le dirigeant du parti d'extrême droite Force juive]. J'étais imprégné du poison que la droite a déversé sur la gauche. Je haïssais Yaïr Golan, aujourd'hui, je l'aime et je l'admire. » Et le jeune Juif d'enlacer le vieil officier militaire supérieur sous les caméras. Yaïr Golan espère remplacer le Premier ministre un jour, il a la cote à l'étranger et a fait l'objet d'un long portrait dans le magazine du *Monde*. En mai, il était élu président du Parti travailliste israélien avec 95,15 % des voix et promettait d'unifier la gauche.

L'art ne fait plus tout

J'ai quitté le magnifique six-pièces au dix-huitième étage de la tour. Un samedi après-midi, comme toujours sous les roquettes, et tandis que je suis avec Paloma dans l'abri, nous remarquons que nous n'avons pas de porte. « Tiens on n'a pas de porte, elle est où la porte blindée ? Ah oui, la porte blindée, c'est drôle, enfin c'est pas drôle mais c'est drôle, il y a pas de porte. Qu'est-ce qu'on fiche là alors ? » Dans le noir, dans le rush, dans la satisfaction d'être en sécurité sans avoir à courir, on ne l'avait jamais remarqué. Sans porte blindée, nous n'étions absolument pas en sécurité en fait. Dix-huit étages et pas de porte, un impact et c'était plié. Je suis retournée chez moi avec mon sac gris retrouver mes crevards, mon lit, le froid qui entre par mes fenêtres et l'eau qui fuit du balcon, Paloma chez elle. Mais on ne remerciera jamais assez ce collectionneur pour cette semaine sans avoir à courir.

L'absence de nouvelles ou d'informations fait passer les familles de la sidération à la colère. Le mouvement d'Avishai Brodutch s'étend désormais au parvis du musée d'art moderne de Tel Aviv et il est suivi par tous les Israéliens, pas seulement ceux plutôt à gauche qui un an auparavant au même endroit appelaient par milliers à la démission de Netanyahou et à l'abrogation de sa réforme de la Justice. Tout Israël est derrière lui. Il suffit maintenant à tous de traverser le boulevard Kaplan et d'arriver devant le merveilleux Musée d'art moderne pour trouver ce qui va devenir le symbole de notre douleur : la Place des otages, Kikar Hatufim.

Autrefois, il y avait sur cette place des sculptures majestueuses de Henry Moore, Menashe Kadishman ou encore Yigal Tumarkin, elles sont toujours là mais désormais dans un fatras pas possible d'affiches, de papiers, d'installations, de petits objets, de photos, de bougies. Nuit et jour, on vient sur cette place commémorer, pleurer, s'entraider, regarder, raconter ou manifester. Dans *Quatre films et un musée*, on apprend que ce musée a été créé en 1932 par le maire de Tel Aviv, Meir Dizengoff, qu'il avait confié son expansion à un directeur artistique allemand qui fuyait évidemment les persécutions nazies, qu'il a été enrichi par les artistes, les dons et les prêts de collections inimaginables, on apprend aussi au quatrième film que dès son inauguration, la fameuse place du musée d'art de Tel Aviv a servi de point de rendez-vous pour une énorme manifestation. Pour quelle cause ? On ne sait plus mais, déjà, il fallait manifester là et pas ailleurs. Quoi qu'il en soit, désormais, sur la gauche du parvis, l'un des grands bâtiments adjacents au musée abrite le QG des familles. Sur le parvis, des tentes blanches ont été montées afin que les familles puissent passer la nuit sur place. Tout le reste de cette magnifique place appartient au peuple d'Israël en deuil. Tout le monde peut faire du lieu l'autel de son malheur.

Un vendredi, on a vu apparaître une installation terrible. Une longue table vide. On connaît les œuvres de la star Boltanski ou du moins connu Gideon Rubin : ces artistes qui ont travaillé sur la Shoah, la mémoire, la disparition, le manque. L'histoire regorge d'art mémoriel, mais ce qu'on découvre ce vendredi-là, ce n'est plus de l'art, c'est du vrai, une installation contemporaine, de notre vivant. Sur le parvis, une longue table nappée est installée pour un dîner de shabbat avec deux cents couverts vides, deux cents chaises vides parmi lesquelles une trentaine de chaises pour enfants et bébés. Il n'y a rien sur la table, c'est terrible à voir. Au fil des jours et des mois, cette table sera « enrichie » par des silhouettes noires, puis des fleurs, puis des bougies, puis des tresses de pain et des bouteilles de vin, puis des couronnes, puis des petits mots. On enlèvera des chaises à chaque mort, on rajoutera des objets sur la nappe. Au milieu du mois de mars, la longuissime table était toujours blanche et décorée mais à sa moitié, elle devenait grise, sale, poussiéreuse, abîmée, tachée de marron, déchirée, ensanglantée, pire qu'un torchon d'étable avec des bouteilles d'eau pourries. C'était pour celui ou celle qui avait fait cela une façon de crier que le temps joue chaque jour contre la survie des otages.

Écoute, Israël

Chaque soir sur la Place des otages autour des familles assises effondrées, le portrait de leurs enfants sur leur poitrine, des groupes de soutien s'organisent spontanément et en appellent à Dieu, même s'ils n'y croient pas. Là, un cercle de chants et prières avec des chrétiens évangélistes du Connecticut, là des juifs de Toronto, ici un ultra-orthodoxe digne de Rabbi Jacob seul avec son violon, on en a vu un autre en redingote de satin noir souffler dans une corne de bélier, seul également sur la place. Des gens, des badauds, des touristes. Dans une forme de tolérance et de communion tacite, des groupes laïques qui entonnent les chants sionistes de la création de l'État attendent que les religieux terminent leurs prières ou leurs chants. Un soir, on a vu deux cent cinquante femmes françaises habillées comme des religieuses de Jérusalem, la tête couverte et la jupe longue, leurs mains dans de la pâte à pain parce qu'un donateur barbu leur avait fourni un demi-quintal de farine, de levure et de sel et deux cent cinquante bassines en plastique afin de faire une bonne action. Sur de longues tables, ces femmes pétrissaient du pain et pratiquaient la « Hafrachat Halla », une bénédiction sur le pain accompagnée d'une prière pour la libération des otages. Et ça marche quelquefois. Le shabbat du 27 octobre qui a précédé la libération d'Ori Megidish, sa maman avait fait la « Hafrachat Halla » et des associations juives religieuses avaient appelé à se joindre à la cérémonie partout dans le monde. On n'est pas si nombreux finalement sur la planète, peut-être 0,001 % de la population mondiale, mais ces femmes juives ont prié, prié, prié et cela a marché. Les « Hafrachat Halla » se sont multipliés partout dans le pays à tel point que quelqu'un m'a dit « si ça marche trop fort là, ça va aussi libérer les terroristes palestiniens ». J'ai assisté dans la modeste synagogue de mon quartier à une Hafrachat Halla aussi simple que déchirante. La grand-mère d'Idan Alexander, 20 ans, soldat golani capturé par le Hamas, se tenait debout dans cette syna toute simple, face à une petite dizaine de vieilles dames du quartier, assez modestes elles aussi. Elle avait les cheveux attachés en chignon arrière surmontés d'une petite calotte brodée des juifs *Bukharan*, ce qu'elle était, des lunettes, une chemise ample noire. Le visage calme de celle qui croit aux miracles, le regard incroyablement généreux, la jupe longue un peu fanée. Elle a pétri et fait bénir la pâte à pain aux jeunes filles présentes, elle les a bénies, nous a bénis et souhaité les meilleures choses possibles avec une dignité et une douceur phénoménales. Cette grand-mère née et élevée dans le quartier nous a remis la photo de son petit-fils souriant. Elle est accrochée sur mon miroir, je la regarde tous les jours. Idan, j'espère que tu n'es pas mort sous une attaque,

que tu tiens, que tu es bien traité par tes geôliers, des salopards analphabètes ou des salopards médecins pour l'UNRWA, que tu vas sortir bientôt par la négociation ou par la force comme Noa Argamani, Andrei Koslov, Almog Meir Jan et Shlomi Ziv que Tsahal à libérés spectaculairement. Un soir, six cents scouts de tout le pays sont venus communier ensemble, la place était toute beige d'adolescents en larmes.

Sur la place, la mère d'Alon Ohel, vingt-deux ans, a installé un piano droit jaune. Son fils musicien a été capturé comme un animal par le Hamas à la Nova Fest. Alon a envoyé son dernier message à sa famille à 8 h 08. Il avait tenté de s'enfuir en voiture, il s'est réfugié dans un abri et y avait retrouvé d'autres teufeurs qui cherchaient à se protéger, dont Hersh Goldberg-Polin et Aner Elyakim Shapiro, vingt-trois ans tous les deux.

Dans une épouvantable vidéo GoPro du Hamas, on voit les terroristes lancer des grenades dans cet abri, Aner Elyakim Shapiro en a rebalancé sept dans un geste de survie fou, la huitième l'a tué, mais grâce à lui, plusieurs teufeurs ont pu se sauver. Alon et Hersh, dont la main a été arrachée par l'une des explosions, ont été capturés. Les parents de Hersh ont lancé en janvier le site *Everyone Counts* qui permet au monde entier de se mobiliser, de s'informer et bien sûr d'appeler à la libération des otages.

Les parents d'Aner ont comme de nouveaux enfants, ceux que leur fils a sauvés de la mort. Les parents d'Alon ont, eux, demandé à l'auteur-compositeur

Avishai Cohen une chanson pour leur fils intitulée *Shuvi Elay* (*Reviens-moi*). Désormais sur la place, grâce à la maman d'Alon, chacun peut venir jouer au piano sur lequel est inscrit « Alon you're not alone ». Et ainsi envoyer une mélodie au ciel ou ailleurs.

Tu n'adoreras pas les idoles

À mesure que l'effroi gagne le pays, la place est de moins en moins solennelle, de plus en plus encombrée d'œuvres, d'installations, de performances afin de perpétuer la mémoire. La question de la représentation et de la mémoire est cruciale pour le peuple juif en général et en Israël en particulier. La représentation s'interdit mais se nourrit aussi de son interdiction. On n'adore pas les idoles et on ne représente pas – j'ai toujours été amusée par le fait que les plus grands collectionneurs du monde sont juifs – mais sur la place, désormais, les installations destinées à conjurer l'oubli sont devenues de plus en plus chocs, de plus en plus fortes, de plus en plus défiltrées. Et plus la pression militaire imposée à Gaza augmente, plus les installations et les représentations sur la place deviennent politiques et même violentes (d'autant que le cabinet de guerre mené par le Premier ministre ne plie devant rien, ni devant son peuple, ni devant les puissances étrangères, ni devant les Américains).

Un après-midi, des survivants et amis du kibboutz Kfar Haza ont organisé un sit-in macabre. L'Israël sioniste des premiers temps s'affichait devant nous. Des personnes âgées, idéalistes ridées par le soleil du Sud, simples gens, le cheveu teint de mauvais bleu, rouge ou gris, les épaules affaissées, arrivaient à deux cent cinquante en bus de leurs hôtels de déplacés sur la Place des otages. Ils ont passé des T-shirts blancs un peu serrés sur leurs chemises à carreaux et se sont assis dos à dos à même le sol. Puis des volontaires leur ont bandé les yeux et attaché les mains dans le dos avec un filin en plastique. En file indienne, ces petits retraités à bedaine s'étaient mis en scène en otages du Hamas. On restait cois, asphyxiés, dans un silence absolu. J'ai beaucoup réfléchi à cette scène, l'une des premières d'une longue série d'autres, parfois dérangeantes, afin qu'on « n'oublie pas ». Était-elle moralement casher ?

Le but des terroristes, c'est que leurs actes soient diffusés massivement, que leurs images tournent en story sur Instagram et Telegram et ces Juifs assis par terre reproduisaient le geste de leurs tortionnaires. Est-ce que c'est acceptable ? Font-ils le « jeu » des terroristes ? Cette mise en scène silencieuse a été interrompue ensuite par des messages encore plus choquants. Dans les haut-parleurs autour des petits vieux, on entendait désormais une bande-son reconstituée, un bruitage de guerre avec des voix enfantines : « Maman j'ai peur, on entend les mitraillettes, les alertes à la roquette, les détonations. Où est ma maman ? Où est mon papa ? Quelqu'un va-t-il venir nous sauver ? » Il y avait 700 habitants dans ce kibboutz, soixante-trois personnes ont été tuées, dix-huit ont été kidnappées dont sept enfants, le plus jeune avait trois ans.

La représentation, l'absolue nécessité de laisser des traces prend une dimension vertigineuse. Les images compilées par Tsahal sur les horreurs des terroristes font le tour du monde. Quarante-quatre, puis quarante-six, puis cinquante-deux minutes (au fil des ajouts et des vérifications) de pur mal sont diffusées dans près d'une trentaine de pays. Journalistes, politiques, institutions, personnalités influentes, seul un public choisi a vu ce film. J'irais mieux psychiquement si je n'avais pas vu (malgré moi) un petit bout de ces images à Beeri. Quoi montrer et comment pour ne pas oublier ? Comment préserver aussi la dignité des victimes et de leurs familles ? À qui appartient leur douleur ? Sur ce point, la règle tacite prévalant en Israël s'est peu à peu distendue au fil des mois, à mesure que s'éloignait la date du 7 octobre 2023.

Se souvenir

J'ai assisté en Israël à toutes sortes de manifestations, de commémorations, de représentations en lien avec la question de la mémoire. Onze ans de très officiels Yom HaShoah (jour de la Shoah) et Yom Hazikaron (jour du souvenir), sans compter les initiatives individuelles parfois déroutantes (je ne cite pas le Yom Ha Mizrahi, jour de commémoration de l'expulsion des Juifs des terres arabes, tout le monde s'en fout).

Avant le 7 octobre, je peux sans trop me tromper affirmer que la mémoire de la Shoah était institutionnalisée et grassement nourrie mais que les malheureux rescapés encore vivants étaient nombreux à vivre sous le seuil de pauvreté, abandonnés des officiels. Je voyais en même temps en France une expansion du Shoah-bizness, livres, films, podcast, derniers témoins à foison dont je ne savais quoi penser. À l'heure où j'écris ces lignes, Yom Hashoah et Yom Hazikaron ne sont pas encore passés. Yom Hazikaron se souvient de tous ceux qui sont tombés pour l'établissement de l'État juif, or leur nombre vient de faire un bond monstrueux. Ce jour de deuil national pour les soldats et les civils morts est suivi immédiatement après de Yom Haatsmaout, un jour de joie qui célèbre l'établissement de l'État hébreu en 1948.

Des gens sont morts pour que ce pays existe, il faut pleurer et on pleure un jour. Le pays est en deuil, les magasins et les écoles sont fermés, les télés ne diffusent que des témoignages de disparitions. Le matin, la sirène sonne et chacun, où qu'il soit, quoi qu'il fasse, sort de sa voiture, arrête de marcher et se fige pendant une minute. Il y a presque dix millions d'habitants, 81 % sont juifs, ce sont donc des millions de silhouettes qui restent absolument immobiles partout dans le pays. Une masse inerte d'hommes et de femmes, zébrée dans les villes israéliennes arabes ou dans quelques rues de Jaffa par les mouvements de jeunes récalcitrants à moto ou à scooter, mais dans l'ensemble, c'est sidérant à voir. Le pays est gelé, tout entier pris par la mortification une journée entière et au coucher du soleil, dans une transition déroutante, démarre une liesse nationale phénoménale. Instantanément, c'est une fête citoyenne, patriotique, fédératrice, joyeuse qui remet la mort à sa place pour lui opposer la vie. Chaque fenêtre, chaque voiture, chaque rue, chaque jardin arbore le drapeau israélien, partout c'est un raz de marée de bleu et blanc avec l'étoile de David au milieu. La tradition est de faire un barbecue, les Israéliens s'invitent dehors ou en famille parce qu'ils sont vivants sur la terre d'Israël, qu'ils n'ont que celle-là et qu'elle est à eux. Évidemment, après le 7 octobre, ces deux jours seront terribles. Que va-t-on pouvoir faire de plus que de se figer littéralement dans le souvenir, la mort et pleurer plus que ce que l'on fait déjà ?

Selon le même principe, la journée de la Shoah honore la mémoire des six millions de Juifs exterminés en Europe. La sirène est cette fois plus terrible encore, car ce jour-là n'est pas complètement férié, alors les silhouettes figées sont comme un arrêt sur image dans un pays particulièrement speed. En 2014, j'ai eu l'occasion de rencontrer l'un des membres de la direction d'Auschwitz venu en Israël afin de récolter des fonds. Plus il me parlait, plus j'avais l'impression d'être noyée dans un livre de l'écrivain juif allemand Edgar Hilsenrath : « Si je restaure les châlits, je les remplace par du bois neuf ? Mais que vaudront ces châlits neufs ? Est-ce que je cimente les briques effondrées ? Et les fours se rouillent, comment faire pour les maintenir ? » Je ne savais pas quoi lui répondre. En 2019 j'ai suivi, sidérée, l'artiste Dov Orner, quatre-vingt-douze ans, dans son kibboutz. Ses parents avaient été assassinés à Auschwitz, il peignait Hitler et s'habillait en Hitler avec la petite moustache, la seule façon, disait-il, de sortir la voix de la bête qui était entrée en lui en 1939. Ne sachant pas si je devais commencer par « Monsieur Hitler », ou « Hitler » tout court, je ne lui ai pas demandé le moindre verre d'eau. Quelque temps après j'ai vu, éberluée, le concours de beauté de la plus belle Miss Shoah et le documentaire *The Pageant* sur ce concours, réalisé par Eytan Ipeiker. Effondrée, c'est Marceline Loridan-Ivens qui m'avait un peu remis les pendules à l'heure. « Lorsqu'on a été à Auschwitz », disait la petite diablesse rousse, « on fait ce qu'on veut ». Dans cet océan de dinguerie commémorative, l'Israélien Danny Hanoch avait traversé l'Europe en minibus, cette Europe qui a dévasté sa jeunesse, avec ses deux enfants Miri et Sagi qu'il avait convaincus de rester une nuit à Auschwitz-Birkenau dans le baraquement pour manger une pizza. Et puis j'ai vu *Muséum* de Yonathan Levy, formidable et désespérant documentaire sorti en 2022 sur les visites à Auschwitz. Il avait posé des micros dans des groupes de visiteurs roumains, anglais, italiens, espagnols, russes, israéliens, allemands, polonais, hollandais, japonais et français. Cela donnait des dialogues fous du type : « Ça veut dire quoi *Arbeit macht frei* ? », « Si j'étais juive j'aimerais pas vivre ici », « Je pense pas nécessaire de garder tous ces souliers », « Si ça avait duré plus longtemps ça aurait pu être bien pire, ç'aurait pu être mieux aussi », « Ça te dit de manger au restaurant d'Auschwitz ? »

Que vont donner les commémorations du 7 octobre ? Comment Ava vivra-t-elle cela dans les dix ans à venir (s'il n'y a pas des guerres pires encore d'ici là) ?

En attendant, aujourd'hui, on peut se faire tatouer « 7.10.23 » sur l'avant-bras. Place des otages, des guides offrent des tours explicatifs à des groupes de touristes étrangers. Sans parler du spectaculaire tunnel en ciment brut de trente mètres de long intégralement reconstitué. Une œuvre de l'artiste Roni Levavi avec, à l'intérieur, un dispositif sonore de tirs et de bombardements. C'est noir et lugubre, les gens font la queue pour y entrer « faire l'expérience de l'enfermement, imaginer le calvaire de nos otages dans des cages et des tunnels, là-bas depuis de longs mois ».

Ce soir, c'est le 25e jour de captivité pour les otages. Le comité a rassemblé la crème du théâtre national israélien ainsi que les plus grands acteurs et actrices, chanteurs, chanteuses du pays pour l'opération « lits vides ». Nous sommes devant le théâtre Habima, l'équivalent de la Comédie-Française, sauf qu'il a été fondé sous l'égide de David Ben Gourion, avec des acteurs juifs qui ont fui les exactions en Russie, c'est comme Molière mais avec des pogroms.

Il y a deux cent trente lits d'enfants sur la place. Des berceaux, des lits parapluie, avec pour chaque couchage de jolies tables de chevet roses ou blanches, une veilleuse. Tout autour, exactement comme à l'intérieur d'une chambre d'enfant, il y a du bazar, des peluches, une basket, un drap tombé, une couette dépliée, des doudous. Les lits sont vides. On crie parfois sur nos gosses : « Mais range ta chambre ! » Là, on rêverait que les enfants otages viennent déranger. Assis au bord de chaque matelas vide, cent vingt artistes racontent une histoire à voix basse pour endormir un petit qui n'est pas là. On reconnaît Hanna Laszlo et Léa Koenig de la série *Shtisel*, les yeux mouillés. Rona Lee Shimron, l'actrice de *Fauda*, en larmes devant la poussette vide du petit Kfir Bibas, otage de neuf mois. Des lits vides et des murmures doux comme des prières adressées au ciel – mais dans ce contexte, c'est d'une violence inouïe. L'installation sera également déposée devant la mairie de Jérusalem. Les lits, les objets et les jouets seront distribués aux familles de déplacés.

La marche des vivants

Au 39e jour de captivité, le comité des familles a lancé une marche, « le temps joue contre eux » disent-ils : « Nos otages, femmes, enfants, ados, bébés, vieillards, hommes, civils et soldats ne survivront pas dans les tunnels. » Sous une pluie battante, ils sont décidés à relier la Place des otages à Tel Aviv jusqu'à la résidence du Premier ministre à Jérusalem afin d'obtenir quelque chose. Certains des membres du comité des otages ont voyagé à Washington ou Paris, des chefs de gouvernement, des parlementaires ou des sénateurs étrangers les ont accueillis, mais pour le moment, aucun dirigeant israélien et encore moins le Premier ministre ne leur ont proposé quoi que ce soit.

Ils marchent, marchent, marchent. C'est une grappe de pèlerines en plastique rouges, jaunes et bleues inaltérable. Tout au long des soixante-sept kilomètres, des femmes et des hommes de chaque ville ou village se joignent à la marche, gonflant comme d'une respiration éphémère cette marabunta désespérée. Beer Yaakov, Ramle, Lod, Beit Hashmonaï, Modiin, le kibboutz Shaalvim. Le soir, ils dorment sur place. Des bénévoles apportent de l'eau et à manger, des religieux sonnent dans une corne de bélier ou proposent aux hommes de mettre des Téfilines, les voitures coincées sur les autoroutes klaxonnent en soutien.

Dans ce marathon de familles meurtries, personne ne marque le pas, tout le monde avance. Il y a les parents d'Omer Shemtov, kidnappé à la Nova Fest : « Comment vit-il ? Voit-il la lumière ? Prend-il ses médicaments ? » Les Shemtov sont fracassés par la douleur, aucun officiel n'est venu leur parler. Ye'ela David, la sœur d'Eviatar, kidnappé à la Nova Fest, m'explique un paradoxe terrible : « Les seules infos que j'ai c'est grâce aux vidéos du Hamas. » La famille d'Omer Wenkert, vingt-deux ans, kidnappé lui aussi à la Nova Fest, a d'ailleurs reçu une vidéo de sept minutes quarante-cinq secondes où on le voit « quasi nu emporté dans un pick-up blanc. Et depuis rien ». Sans m'arrêter de marcher, j'escorte maladroitement Yuval Haran, qui avance comme les autres. Nous sommes maintenant à la jonction Beit Dagan, au milieu de nulle part, comme dans *Bagdad Café*, sur un croisement d'autoroute. Le ciel est bas, l'horizon métallique. Il y a eu des missiles, tout le monde s'est mis dans les abris anti-roquettes et lorsqu'il n'y en avait pas sur le chemin on se couchait par terre, là où c'était possible, dans la gadoue. Et paf, tout le monde se relevait et reprenait sa marche. Je suis le pas, fatiguée et honteuse de ma faiblesse que je cache à ces gens, ces personnes âgées, et en essuyant l'eau de mon visage, j'entends que le père de Yuval, sa tante et son oncle ont été assassinés, sa mère kidnappée ainsi que sept autres membres de sa famille dont le petit

Noam, douze ans. Ils vont marcher vingt-cinq kilomètres par jour, cinq jours de procession sous la pluie et l'orage de novembre pour arriver à Jérusalem.

Une marée de drapeaux, de pancartes, de slogans, de photos, de portraits s'étale le samedi suivant sous les fenêtres du Premier ministre. Ces milliers de gens, soutenus par une large majorité d'Israéliens, réussissent dans une colère légitime à desserrer enfin l'étau de l'inflexibilité gouvernementale. Dans les trois objectifs déclarés du cabinet de guerre, l'onglet « libérer les otages » remonte de deux crans. Une semaine plus tard, un accord de libération est signé. Dès lors, les marches qui avaient rythmé la contestation contre la réforme de la Justice se réorientent sur le sort des otages. L'Israélien marche et va marcher.

En janvier 2024, le père d'Omer Shem Tov a marché jusqu'à la frontière avec Gaza, accompagné d'autres familles. Avec une sono digne d'un concert des Stones, il a crié dans le vide du ciel des messages qu'il espérait pouvoir être entendus jusqu'à Khan Younès, dans l'espoir de toucher les enfants retenus sous terre. « Omer, ici c'est papa. J'espère que tu nous entends, Omer. Sois fort, je sais que tu es fort, nous t'attendons tous à la maison. Ta foi te protège. Bientôt, tu sortiras de là. » Ces cris lancés vers les cieux poussiéreux du désert avaient retourné le ventre de ceux qui les entendaient, moi et tous les autres, mais seulement du côté israélien de la frontière.

Début mars, les familles des otages ont encore marché. Cette fois du kibboutz Reim à la frontière de

Gaza, pour arriver le samedi suivant à Jérusalem. Le vendredi, Benny Gantz avait rejoint ces marcheurs alors qu'il est membre du cabinet de guerre. Après quatre jours à pied, ils étaient des dizaines et des dizaines de milliers à réclamer à nouveau des négociations sous les fenêtres du Premier ministre. Lequel était hué simultanément à Tel Aviv et dans d'autres villes du pays avec, là encore, des milliers d'Israéliens réclamant sa démission dans les cris et les slogans. La police à cheval est intervenue violemment, les canons à eau ont tiré. Les images sont spectaculaires, violentes et angoissantes.

Israël est un engagement fatigant, je suis fatiguée. Tout cela pour n'être qu'entre Juifs dans un État juif, sortir avec une maguen David énorme sans se faire agresser ? Sans doute. Ce chaos est-il propre au gouvernement Netanyahou ? Je ne sais pas. Je me souviens qu'en visitant le somptueux musée Yitzhak Rabin situé au nord de la ville (construit sur le même modèle que le Guggenheim mais que peu de touristes connaissent), j'ai vu les vidéos de manifestations monstres de 1995 peu de temps avant son assassinat par un Juif extrémiste, on y voyait une foule remontée à bloc brandissant des panneaux avec des croix gammées ou figurant des soldats nazis. Des soldats nazis. J'ai vu dans ce musée Rabin que la violence minait depuis toujours les fondements de la société israélienne, mais que le peuple voulait la paix et soutenait la paix. Très étrange.

Nous sommes trop à l'étroit à l'intérieur, trop serrés, toutes les revendications sont légitimes, toutes veulent trouver leur place dans ce puzzle azimuté que constitue un État juif. Depuis peu, les ultra-orthodoxes manifestent contre leur possible enrôlement dans l'armée et là encore la répression est stupéfiante à voir, les images de Juifs barbus ou jeunes en noir et blanc au sol traînés par des policiers juifs à cheval sont dignes du World Press Photo. Selon le bureau central des statistiques, un ménage orthodoxe ou ultra-orthodoxe paie neuf fois moins d'impôts qu'un ménage non orthodoxe. Pire, certains sont même violemment anti-israéliens et pour une infime part soutiens de l'Iran, c'est presque drôle à écrire. Le chaos est l'ADN de ce pays. Escortant ses Hébreux en guenilles dans le désert, sans doute Moïse a-t-il ressenti la même fatigue lorsqu'ils ont créé le veau d'or.

Parmi les manifestations les plus douloureuses, il y a eu l'opération « Jour de démission ». Un groupe de famille est entré à la Knesset pour distribuer une lettre toute faite de démission à chaque membre du cabinet du gouvernement de la droite. Comment sont-ils rentrés, comment ont-ils fait ? On ne sait pas, mais l'opération Démission a fait du bruit, d'autant que les familles ont crié dans les allées de marbre : « Bande de corrompus, vous êtes des criminels. » Certaines se sont attachées aux portes. L'oncle de Rotem Neumann, 25 ans, assassinée à la Nova Fest a poursuivi Yuli Edelstein dans les couloirs avec la lettre pré-remplie : « Pourquoi tu démissionnes pas ? Pourquoi tu démissionnes pas ? » Yuli, qui a été président du parlement, ministre de la Santé du Likoud a fui, esquivé le papier et les cris comme s'il jouait à chat.

Dans un pays *normal*, comme la France par exemple, Gérard Larcher aurait-il pris la lettre, serait-il parti ? Comment ont fait ces familles pour entrer en hurlant et interrompre des sessions parlementaires ? Un après-midi elles sont montées au premier étage et ont posé leurs mains peintes en jaune sur les vitres du Parlement. Des centaines de mains, partout comme des étoiles jaunes de la honte. Comment sont-elles montées dans les étages avec de la peinture fraîche ? Comment les ministres de la coalition ont-ils fait pour s'endormir la nuit avec ces images en tête ?

Les « RRRR » roulés

Nous en sommes au trente-septième jour de captivité pour les deux cent trente-neuf otages retenus dans les tunnels du Hamas. J'ai reçu une invitation des « femmes d'Israël », ce sont entre autres les associations Wizo et Keren Hayessod qui mobilisent leurs membres pour l'opération « *Speak-up for your sister, speak-up for humanity* » sur la Place des otages. On a vu sur scène des mamans et des filles d'otages accompagnées de célébrités dont Lucy Aharish, journaliste israélienne arabe musulmane, mariée à l'acteur israélien juif Tsahy Halevi, Linor Abargil, ex-top-model et Miss Monde 1998, devenue avocate contre les violences faites aux femmes, et la chanteuse Rita, d'origine iranienne. Des vidéos de la vie d'avant des otages passaient sur l'écran géant. C'était saisissant de voir comment un simple repas de famille, un bain donné à un enfant, un gâteau d'anniversaire mal filmé, comment toutes ces images captées dans l'intimité pouvaient servir, par contraste, à montrer la véritable nature de la barbarie. Comment la vie pouvait basculer. Je voulais les voir encore et encore ces petits films sans intérêt parce qu'ils étaient la vie même, l'essence de la vie.

Les témoignages ont suivi, chaque prise de parole étant traduite en arabe par Lucy Aharish.

Tal Shani, quarante-sept ans, du kibboutz Beeri, est montée sur l'estrade. « Elle était réfugiée ce matin-là dans l'abri avec ses enfants, tout brûlait autour. Vers 12 h 30, une dizaine de terroristes ont forcé la pièce de sécurité, pointé une arme et embarqué son jeune fils Amit, seize ans. » Nous sommes des centaines et des centaines de femmes massées sur ce parvis, il fait noir, on écoute, tétanisées. « Elle les a suppliés qu'ils la prennent, elle, en vain. » Sur scène, Lucy tient la main de Tal et traduit cette histoire en arabe. Il nous faut beaucoup, beaucoup d'ouverture d'esprit pour accepter cet arabe de massacre qui sort de la sono devant ces petits films de famille tout simples. Cette langue balancée fort par les baffles, ces « R » roulés, ces consonnes trébuchantes, ces sons rauques avalés de fond de gorge.

Ici, la foule de femmes a d'autres mots arabes en tête. Le message qu'un terroriste a envoyé à ses parents. Tout le pays l'a entendu. « "Papa, maman, regarde combien j'ai tué de Juifs de mes propres mains ! Ton fils tue des Juifs ! Je l'ai tuée elle et son mari. J'en ai tué dix de mes propres mains ! Papa, dix de mes propres mains !" […] "Oh mon fils, que Allah te bénisse." » En arabe.

Les deux femmes se tiennent la main, l'arabe de Lucy flotte dans la nuit noire, son discours est exemplaire. Et même si on n'y est pas du tout encore, il y a une petite graine de quelque chose qui s'apparenterait à un futur possible, une graine qui se plante ce soir-là dans quelques esprits féminins sur cette place et peut-être dans le mien.

Le 7 octobre, sept Israéliens bédouins ont été kidnappés, vingt et un ont été tués. Les larmes versées pour eux, les enterrements, les réactions politiques à leur égard ont été proportionnels à la place qui leur est attribuée en temps normal. Tous les enfants Alkaran ont été tués par une roquette lancée de Gaza sur le village de Kukhleh dans le désert du Néguev. Amin Akel, onze ans, Mohamed Div, douze ans, Malek Ibrahim, quatorze ans, Juwas Ibrahim, quinze ans, Taleb, vingt-deux ans. Tous sont morts. Qui parle d'eux ?

J'ai beaucoup pensé à la mère de Samer Fouad El Talkala. Son fils avait été capturé dans le poulailler du kibboutz de Nir Am, c'était son job et il bossait pendant ce week-end de fête. Ce musulman de vingt-deux ans s'est retrouvé en captivité avec deux Juifs, Yotam Haim, vingt-huit ans et Alon Sharmiz, vingt-six ans. Après soixante-dix jours dans le noir, sans trop manger, ni boire, les trois jeunes gens ont réussi à s'échapper ensemble et sont sortis à moitié nus d'un immeuble bombardé du quartier de Shejaiya au nord de Gaza. Malgré leur appel à l'aide et leurs mains en l'air, ils ont été abattus par Tsahal qui a cru voir une menace. Morts, les trois, tués par Tsahal. Une semaine auparavant, début décembre, Fouad, le père de Samer Fouad, avait fait un voyage à Washington avec un comité d'otages. C'était une première, enfin un Israélien arabe était dans les comités d'otages, un symbole ! J'ai imaginé l'itinéraire de ce musulman, le départ de son Hura désertique dans le Néguev, son arrivée à la Chambre des représentants à Washington, une petite consolation, un petit espoir et son retour une semaine plus tard, le 15 décembre, lorsque l'armée israélienne lui annonçait non seulement la mort, mais les conditions de la mort de son fils. Quelques jours après, Benny Gantz est allé à Hura apporter ses condoléances à la famille. Je n'ai retrouvé nulle part le prénom de la mère brisée.

Le nom d'Iris Haïm, en revanche, m'est apparu très rapidement. Elle est la mère de Yotam, le compagnon de malheur de Samer Fouad et Alon. Je la rencontre dans un moshav très rudimentaire en bordure de Jérusalem un petit matin de janvier. Je n'ai jamais vu un visage aussi apaisé, aussi souriant, aussi illuminé que celui d'Iris. Elle est portée par son fils et va de conférence en conférence pour évoquer son souvenir. Dans la pièce vide, humide, au carrelage blanc sale et depuis un fauteuil de bureau bancal, Iris allume une bougie sous le portrait de Yotam. Elle n'a pas voulu voir les vidéos que le Hamas a envoyées mais elle sait que Yotam y apparaissait en forme. « Je préfère les histoires de bravoure et Yotam a été fort, courageux et fraternel pour les deux autres. Il nous parle, il nous dit “ne vous inquiétez pas pour moi je suis fort”. » Quelque chose m'étouffe, je ne sais pas quoi, comment serais-je à sa place si… Mais je ne peux pas. Iris n'en veut pas à l'armée. « L'armée nous protège, je ne vais pas accabler ceux qui défendent notre pays. » Pourtant, cette bavure de Tsahal a provoqué un séisme national.

Tsahal a abattu trois otages. Elle caresse un chat roux comme son fils qui s'échappe d'un bond. Lorsqu'elle a su que le groupe responsable de ces tirs pleurait, que leur moral était au plus bas, Iris leur a envoyé un message enregistré : « Je suis Iris, la mère de Yotam, je veux vous dire que personne n'est en colère contre vous. Vous avez fait ce qu'il fallait faire, vous ne l'avez pas fait intentionnellement. Alors si vous devez le refaire n'hésitez pas, vous devez tirer encore. On vous aime, venez et on vous serrera dans nos bras. »

Quatre des soldats qui ont tué son fils sont venus. Elle les a pris dans ses bras. « C'était plus dur pour eux que pour nous », m'a-t-elle dit. J'ai mis longtemps à comprendre, longtemps à accepter que sans cela cette femme s'enfouirait au plus profond de quelque chose qui dépasse la mort. Qu'elle ne se relèverait jamais.

Youssef Hamis Al Ziadna, cinquante-trois ans, producteur de lait au kibboutz Holit, a été kidnappé, avec Hamza, vingt-deux ans, Aisha, dix-sept ans, et Bilal, dix-huit ans, ses enfants. Les deux plus jeunes ont été libérés le 30 novembre après cinquante-cinq jours de captivité, les deux autres sont encore dans les tunnels. Au tout début du Ramadan, je ne sais pas comment, mais Ali Al Ziadna, le frère de Youssef, vieux monsieur en costume traditionnel, a réussi à alpaguer Riyad Mansour, l'ambassadeur pour la Palestine aux Nations Unies. Son cri a fait le tour des réseaux sociaux. « Pourquoi as-tu pris mes frères alors qu'ils sont musulmans, tout comme les membres du Hamas ? Pourquoi tu ne les relâches pas ? Ils sont musulmans, ils parlent arabe comme toi, c'est le Ramadan, mon frère prie et jeûne de la même manière. Pourquoi tu ne les relâches pas ? Comment ces hommes peuvent-ils se prétendre musulmans et ne pas libérer mon frère ? »

Ce qu'a dit Ali après a semé le trouble, je n'ai pas compris, ou plutôt j'ai bien compris que la place qui leur était attribuée en Israël n'était pas la même que la mienne. Sont-ils israéliens ? Israéliens arabes ? Arabes israéliens ou comme le dit la presse française « Palestiniens d'Israël », autrement dit, non miscibles ? « Ils ont été kidnappés sans distinction avec tout le monde, a dit Ali, mais ils ont eu beaucoup d'occasions de les libérer, pourquoi ne l'ont-ils pas fait ? Les Thaïlandais ont bien été relâchés ! »

Parmi les nombreux morts du 7 octobre, je veux citer le nom d'Abed Karim al-Nassara, cinquante-trois ans, du village de Kuseife, et celui de Suheyb Abu Amar Al-Razm, vingt-deux ans, de Jérusalem, tous les deux assassinés tandis qu'ils participaient aux opérations de secours des fuyards de la Nova Fest au kibboutz Reim.

Bien avant le 7 octobre, je m'étais amusée à jouer aux Zlabyia du « Chat du Rabbin » dans un tout petit musée. C'était au musée des Juifs de Babylone installé dans une ville perdue au fin fond du pays dans laquelle personne ne va ni ne vit, sauf les pauvres. Et dans ce tout petit musée, il y avait un faux quartier juif, comme à Disneyland, avec une ruelle en carton-pâte, des échoppes, des artisans, des établis, une petite synagogue, un faux mur de Harem et bien sûr des tas d'infos et de chiffres afin que chacun puisse imaginer la vie des

Juifs dans les pays arabes. Peut-on être juif et arabe ? Était-ce une affaire de nation ou de religion ? Moi qui suis née à Oran en Algérie française, je suis quoi ? On était quoi avant ?

Pendant mes déambulations dans ce musée, j'apprenais que les Juifs d'Irak, d'Égypte et du Yémen avaient été établis dans ces régions bien avant la conquête arabo-musulmane. Que quelque huit cent cinquante mille Juifs avaient quitté les pays arabes (librement ou sous la contrainte) pour venir en Palestine puis en Israël au cours du XXe siècle. Pour les Juifs aussi, voilà ce qu'est l'exil, l'expulsion, le transit, l'abandon des terres.

Dans ce petit musée d'Or Yehuda, je suis frappée de lire sur les murs les rappels des violences et des exactions, appelées aussi Farhoud, qui eurent lieu à Bagdad. Les plus sanglantes furent celles de 1941, 180 Juifs parfaitement intégrés furent massacrés. Sur les murs, je lis la description d'actes barbares qui sont les mêmes que ceux du 7 octobre « la porte a été fracassée, ma mère se tenait debout et leur a dit en arabe, prenez tout ce que vous voulez, la maison est à vous. Ils ont commencé à piller tous les objets. Puis, ils lui ont tiré une balle dans la tête. Ma sœur aînée a voulu la secourir, ils l'ont tuée aussi. Mon cousin a voulu s'enfuir dans les étages, ils lui ont coupé la main. »

Je suis accablée par cette répétition sans fin de l'histoire, les Arabes ne veulent pas de nous, alors quoi ? Ce sera donc soit eux, soit nous ?

J'ai relu les chiffres avancés par le site *Stopterrornow*. Avant 1948, affirment-ils, il y avait 63 550 Juifs en

Égypte, il n'en resterait que trois. 40 000 Juifs en Syrie, il n'en resterait aucun. 100 000 Juifs en Iran, il en reste 8 500. En Irak, la population juive était de 150 000 personnes, ils ne seraient plus que quatre. Au Liban 20 000, il en resterait 29. Au Yémen 55 000, il n'en resterait qu'un, en Libye 38 000, il n'y a plus personne. Et à Gaza, précisent-ils enfin, il y avait 7 949 Juifs, il n'en reste évidemment aucun. Je ne cite pas leurs données sur les Juifs d'Afrique du Nord, ce serait trop long. Quant à la population arabe en Israël, elle est passée de 156 000 en 1948 à plus de 2 millions aujourd'hui.

Bref, des régions vidées de leurs Juifs qui, depuis la création de l'État hébreu, n'ont vu que très peu de Juifs et qui non seulement nous détestent mais veulent notre destruction. Je ne comprends pas, j'aurai beau lire les Bensoussan, les Tarnero, les Taguieff, les Abitbol, les Gurfinkiel, je ne comprends pas et j'ai l'impression que le monde ne comprend pas que l'on ne comprenne pas.

L'arabe, Yossi Sharabi, cinquante-trois ans, le parlait aussi. Ce matin-là, dans sa maisonnette du kibboutz Beeri, un groupe de dix hommes cagoulés est entré, ils ont abattu le chien, fait des selfies avec Nira, sa femme, et les gosses. Yossi leur a parlé en arabe mais les terroristes ont emmené toute la famille dans une autre maison, Nira a réussi à s'enfuir avec leurs trois jeunes filles, Yuval, dix-sept ans, Ofir, quatorze ans et Oren, treize ans, qu'il nous faut imaginer se cacher en pyjama à travers des arrière-jardins, entre les tirs et les flammes. Tsahal ne les a délivrées qu'à vingt et une heures le soir. Avec d'autres otages, Yossi et son frère

Eli, cinquante et un ans, ont été embarqués dans un pick-up. Nira a reçu trois vidéos de son mari capturé. L'avant-dernière date du 14 janvier, il est vivant. La dernière date du 16 janvier, il est mort. Le Hamas a laissé entendre que Yossi était mort à cause des bombardements israéliens. Nira n'a rien dit d'autre que : « Quelque part, c'est peut-être plus facile pour moi de penser que Yossi a été tué par nos forces que par le Hamas. »

Eli Sharabi, le frère de Yossi, est quant à lui toujours aux mains du Hamas. Parle-t-il arabe dans les tunnels ? Je ne sais pas. Sait-il que son frère est mort ? Sait-il que sa femme Lianne et ses deux filles, Noya, seize ans, et Yaël, treize ans, ont été abattues le matin de son kidnapping ? Je ne sais pas. Cent vingt maisons ont été totalement détruites sur les trois cent cinquante de Beeri. J'y suis allée. J'ai vu les ruines, vu un film sur les exactions. Je suis par hasard sur la photo du site du *Parisien* de cette visite-là. Quelquefois je regarde cette photo pour ne pas oublier ce que j'ai ressenti lorsque j'ai vu ce que j'ai vu, parce que si on ne le voit pas, on ne le croit pas.

Les petites bouteilles d'eau

Je suis au sud d'Israël, dans un hôtel de luxe au bord de la mer Morte, j'assiste aux libérations d'otages avec les déplacés du kibboutz Beeri. Depuis le 13 octobre, l'offensive israélienne terrestre à Gaza s'est considérablement amplifiée, Tsahal contrôle la moitié nord de la bande de Gaza. Le 23 novembre, un accord Israël-Hamas laborieux permet une pause humanitaire de quatre jours. Le Hamas relâche chaque jour des otages, des femmes et des enfants de moins de dix-neuf ans contre cent cinquante femmes et adolescentes palestiniennes. L'accord est censé expirer jeudi 30. Chaque pause est prolongée d'un jour, pour chaque jour en plus, un lot supplémentaire de dix otages. Écrire ces mots-là, c'est déjà balafrer l'humanité.

Avec les pluies, les montagnes de Judée et celles de Jordanie alentour ont un petit air de paysage des Vosges ou du Massif central, le désert dehors est vert, il fait frais. Pendant que je me dis que si cet antisémite d'empereur Hadrien, en 135 après J.-C., n'avait pas rebaptisé toute la région « Palestine », on n'en serait pas là, deux gamins pieds nus en pyjama traversent le parvis de l'entrée de l'hôtel sur des tricycles en bois, les cheveux pas peignés, le pyjama taché. Ce sont les enfants des déplacés, des petits kibboutzniks élevés en plein air, sans limites, ni contraintes, futurs soldats, futurs fous. Comment devenir autre chose vu leur enfance ? Depuis le 7 octobre, ils sont neuf cents hébergés dans cet hôtel de marbre. Une famille par chambre. Le matin, un service de navettes prend les gosses pour les collèges et les lycées. La maternelle et le jardin d'enfants se font dans l'hôtel. Les repas collectifs se partagent dans l'immense sous-sol. À part ça, les gens sont livrés à eux-mêmes.

Tout ce qui tenait la réputation de cet hôtel cinq étoiles s'est effondré. Des grappes d'évacués plus ou moins bruyants et débraillés sont assis sur les rebords de la fontaine centrale qui continue de recracher de l'eau javellisée, les palmiers en plastique qui trônent au milieu ont mauvaise mine. Dans les salons, pareil, les fauteuils sont couverts de pieds, de gosses, d'ados plus ou moins obèses, qui crient, passent leurs vidéos TikTok en haut-parleur. Il y a un bazar inimaginable et un écho épuisant, comme des millions de sèche-cheveux allumés. Partout, étalés au sol dans ce gigantesque lobby de marbre, il y a des sacs, des objets, des vêtements, des chocolats, des friandises, des jouets, des quantités de produits, comme lorsque Pinocchio arrive au pays des bonbons. Des cadeaux par centaines offerts par de grandes marques israéliennes mais aussi spontanément par la population. Et il y a bien sûr, à l'entrée, l'autel avec les bougies, les photos des morts et celles des kidnappés. À Beeri, quatre-vingt-seize personnes ont péri, sans compter les policiers et les soldats. Vingt-six otages vivants et morts sont comptabilisés, cent vingt maisons ont été détruites sur les trois cent cinquante du village.

J'erre dans ce capharnaüm délirant lorsqu'une petite dame vient me montrer une vidéo sur son iPhone. Noa Levy, soixante-dix-huit ans, pleure son mari Rony, l'un des fondateurs du kibboutz Beeri. La vidéo date de 2018. On y entend Rony : « Nous avons eu des ouvriers de Gaza, des Gazéens, pas des Palestiniens réfugiés, ils ont travaillé dix ans chez nous et depuis la fermeture de la frontière en 2005, ils n'ont plus de quoi vivre. Tous les ans, nous collectons des fonds que l'on envoie à leurs familles. On aimerait qu'ils reviennent travailler chez nous mais, en vrai, avec le Hamas c'est difficile, parce qu'ils sont catégoriques. »

Le 7 octobre, à quatre-vingts ans, Rony s'est défendu jusqu'au bout avec son arme, il a sauvé sa femme et a été abattu. Peut-être par ses voisins qu'il nourrissait ? Et Noa, sa vieille veuve, recroquevillée sur un muret, me demande : « Pourquoi ? »

Les déplacés ont tout perdu, ils ont vécu l'horreur. Pourtant, c'est un écran d'au moins vingt mètres de long qui a été installé dans l'une des salles VIP de l'hôtel pour leur permettre de revivre leur cauchemar. Non-stop, la 12e chaîne israélienne meuble l'attente des libérations et passe et repasse des reportages épouvantables et des témoignages monstrueux sur le 7 octobre, notamment ceux de Beeri. Et c'est dans ce replay morbidissime qui dépasse l'entendement que les familles avec parfois de jeunes enfants sur les genoux regardent en boucle des images qu'elles connaissent par cœur pour les avoir vécues. Les téléphones sonnent, les gens se lèvent, s'interpellent, déplacent les rangées de chaises en plastique et l'écran repasse des horreurs et des larmes. Ça va bientôt commencer.

Les listes, les fameuses listes ont tourné. Qui est sur la liste ? Quel nom le Hamas a-t-il mis sur la liste ? Quel nom Israël a-t-il demandé et au nom de quoi ? Est-ce que ceux qui ont manifesté violemment contre Netanyahou seront défavorisés ? Depuis Schindler, je n'avais pas autant pensé au mot « liste ». Il reste encore quinze otages de Beeri à Gaza, en comptant les ouvriers thaïlandais. On sait que les hommes ne sortent pas, ce qui laisse pour Beeri, un décompte de six otages potentiels, quatorze otages de ce kibboutz ont déjà été libérés. Qui sortira ce soir ?

Et le spectacle le plus inédit de l'histoire du XXIe siècle se déroule sous nos yeux, retransmis en direct par des télés du monde entier. La nuit, le flou, les phares et les lumières blanches saturent l'écran. On discerne une lente procession de voitures, une foule de centaines de Gazaouis se colle au cortège, des grappes de gosses qui filment, d'autres qui lancent des pierres, crachent ou insultent. Dans ce paysage lunaire et sale, pas une seule femme.

Derrière les vitres des ambulances, la lumière des projecteurs empêche toute identification. Dans la vraie vie, une maman reconnaît ses petits, même de loin, mais là, dans cet horrible suspens, qui est ce jeune garçon ? À qui sont ces cheveux de femme ? Tant que l'otage n'est pas sur le sol israélien, personne ne peut se réjouir – et « réjouir » est un bien grand mot. Recommence ainsi le manège macabre imposé chaque soir par le Hamas et dont personne n'est dupe. Lorsque leurs otages sont enfin sortis de leurs voitures pour entrer dans les ambulances de la Croix-Rouge, ils font des au revoir de la main, distribuent des petites bouteilles d'eau, ils sont debout en treillis noir ou vert, des ninjas surarmés et totalement masqués, c'est leur moment de gloire. Mais tout est lent, on craint le truc qui va tout faire capoter, un tir, un mouvement de foule, un dératé. Cette lenteur me fait mal physiquement.

Nos otages foulent enfin la terre d'Israël et ce que l'on a pu apercevoir de sauvagerie de l'autre côté pendant quelques heures s'évanouit. Sans l'attention des télés, cette population gazaouie que l'on a vue avide de mises en scène sadiques dignes des exécutions du Moyen Âge disparaît des écrans, rendue à l'eau profonde et noire du désintérêt. Désormais le propre, les trottoirs, la démocratie, l'armée, les hélicos, les hôpitaux attendent nos douze otages.

Que ressent la salle ? Un certain soulagement évidemment mais qui n'est qu'une satisfaction volatile pour ces déplacés meurtris et épargnés par la mort. Sur les douze libérés ce soir-là, quelques-uns sont de Beeri. Amit Shani, seize ans (la mère d'Amit était avec Lucy à la manif des femmes). Gali Tarshansky, treize ans, avec son père et son frère, elle avait escaladé la fenêtre de l'abri, son père en a réchappé, son frère Lior, seize ans, a été assassiné. Raya Rotem, cinquante-quatre ans, sa fille Hila, treize ans, et son amie Emily Hands, neuf ans, sont déjà libérées. Liam Or, dix-huit ans, venu passer le week-end chez son oncle Dror, cinquante ans. Dror est toujours otage, ses cousins Alma, treize ans, et Noam, seize ans, ont déjà été libérés, leur mère Yonat, cinquante ans, a été abattue. Ofir Engel, dix-sept ans, venait rendre visite à sa petite amie chez les Sharabi. Yarden Roman-Gat, elle, était en visite chez sa belle-mère avec son mari Alon et Gefen, leur petite fille de trois ans. Ils ont été embarqués dans un pick-up, Alon et Gefen ont pu s'échapper, sa belle-mère a été tuée. Raz Ben Ami, cinquante-sept ans, son mari Ohad est toujours otage. Les autres sont Liat Beinin Atzili, quarante-neuf ans, de Nir Or, Moran Stela Yanai, quarante ans, et Itay Regev, dix-huit ans, tous deux avaient été kidnappés à la Nova Fest.

J'ai compris quelque chose. Ce que je lis sur les visages de ceux qui voient les leurs retrouver enfin le sol israélien, c'est l'histoire des *Trois petits cochons*, après la maison de paille et de bois, celle en briques est la bonne. Mais la dernière maison n'est plus ce qu'elle était, je vois un mélange d'abattement, de tristesse, d'ivresse, d'échec, de colère et de trauma. Les otages sortis de l'enfer sont sur la terre d'Israël mais ne seront plus jamais à l'abri. Le loup traque toujours les petits cochons.

Je te crois

26 mars. 171e jour de guerre. Chacun savait, mais l'ex-otage Amit Soussana est la première à parler publiquement de ce que ses geôliers lui ont fait subir. « Attachée par la cheville gauche, forcée de pratiquer des fellations à Mohamed sous la menace d'une arme, touchée au corps par Mahmoud. » Nous étions habitués à du circonvolutif, nous voilà dans le dur. Amit Soussana, quarante ans, a été extraite de force de l'armoire dans laquelle elle se cachait, dans la pièce sécurisée du kibboutz Kfar Haza, où elle vivait seule. Son dernier échange au téléphone à 10 h 07 avec ses proches s'était conclu par « Je n'ai plus de batterie », un précédent message disait : « Mais que fait l'armée ? »

On a su fin octobre que cette jeune avocate était otage et non pas morte, puis on a reparlé d'elle en décembre. Des images de sécurité la montraient se débattre, seule, cernée par ses kidnappeurs armés, et leur tenir tête. Ils se dirigeaient à pied vers Gaza, ils avaient mis plus d'une heure à la maîtriser. Finalement, un type l'avait jetée sur ses épaules comme un sac de viande et ils ont embarqué dans une voiture pour finir le trajet plus rapidement. En France, Amit Soussana a été parrainée par Olivier Paccaud, agrégé d'histoire et sénateur de l'Oise.

Lorsqu'elle a été libérée, Amit Soussana avait « juste » parlé de la terreur physique et psychologique qu'elle avait subie, mais sans entrer dans les détails. Elle avait dit à l'époque : « Il vous est interdit de parler, de pleurer, ou même de réconforter les autres. Je n'avais aucun contrôle ni sur mon corps ni sur mon âme, c'était effrayant. »

Que s'est-il passé dans sa tête pour ne rien dire à l'époque ? Comment a-t-elle tenu avec ce secret qu'elle a gardé pendant des mois, alors que l'omerta s'organisait à l'ONU, dans les organisations féministes, à la Croix-Rouge ? Que le déni sur les violences sexuelles à l'encontre des Israéliennes était général ? « J'étais gardée seule dans une chambre d'enfant, enchaînée par ma cheville gauche. Parfois, le gardien entrait, s'asseyait sur le lit, enlevait mes vêtements et me touchait. Une fois, il m'a sortie de la douche, a pointé son arme vers mon front, et m'a frappée. Puis il m'a traînée dans la chambre des enfants et m'a forcée à commettre un acte sexuel sur lui. »

C'est courageux. Courageux pour elle et ses proches, courageux aussi parce qu'en Israël, il y a des règles, pas des lois, des règles culturelles, des traditions qui respectent l'intimité des personnes. On ne montre pas les corps dans les attentats, on ne révèle pas de noms, on ne dit rien sans le consentement des concernés. Amit Soussana a parlé au *New York Times*, son intervieweur,

Ronen Bergman, est un auteur et journaliste d'investigation israélien à l'origine de nombreuses révélations sur la faillite sécuritaire de l'État hébreu. Dans ce tout petit pays, Amit Soussana est désormais marquée au fer rouge. Elle devra vivre avec le fait d'avoir parlé.

Le 7 octobre, j'étais sonnée, écrasée par l'énormité de ce qui nous arrivait. Mon seul but était de protéger psychiquement ma petite-fille et de nous trouver un abri. Je n'ai pas *regardé.*

Je n'ai pas vu le corps à demi dénudé de Shani Louk, vingt-deux ans, inconsciente, le visage sur le plancher du pick-up, la jambe cassée à l'envers, les bretelles noires de son haut déchirées, des hommes armés autour d'elle tirant ses cheveux et crachant sur son cadavre inerte. Je n'ai pas vu le visage affolé, les mains tendues et les hurlements de Noa Argamani, vingt-six ans, embarquée entre deux terroristes sur une moto. Je n'ai pas vu l'alliance au doigt de ce type qui plaque les jambes d'une fille sans chaussures, en mini-jupe noire, au fond d'une Toyota blanche avec d'autres hommes. Je n'ai pas vu le rictus vicieux du ravisseur de Naama Levy, dix-neuf ans, mains attachées, blessure au bras ; elle est de dos, il la pousse dans le pick-up, son pantalon de jogging est souillé de sang. Je n'ai pas vu les yeux brûlés par les larmes de Daniella Gilboa, dix-neuf ans elle aussi, implorant l'objectif, assise au sol les mains liées. Je n'ai pas vu le regard désespéré, affolé de Shiri Bibas lorsqu'elle protège ses deux petits enfants roux avec une couverture, tandis qu'un groupe armé l'embarque violemment.

Je n’ai rien vu

Un ou deux jours après le 7 octobre, lorsque les filles du magazine *ELLE*, mon ancien journal, m’ont appelée, je ne voyais toujours rien. J’accompagnais des donneurs de sang dans la petite ville de Rishon Le Zion. J’étais ailleurs, dans des histoires de fringues et de combat, j’attendais dans le hall du centre culturel par terre avec les mêmes habits que la veille et l’avant-veille. Je pensais à BHL et à son éternel costume noir chemise blanche, à la manière dont il s’était délesté des basses questions vestimentaires, ce qui lui permettait – me disais-je – de penser plus haut, plus loin lorsqu’il traversait les pays en guerre. Se délester des habits, des apparences, du matériel, de la propriété, des toits, des murs, des horaires, de tout. Sous les roquettes, depuis cette attaque folle, j’étais avec ces centaines et ces centaines de gens dans la file d’attente pour donner du sang, par terre, libérée de tout, avec les mêmes vêtements que le 7 octobre, l’urgence était vitale. J’ai pris leur appel, elles enquêtaient sur les violences particulières faites aux femmes et je me souviens leur avoir répondu : « C’est une attaque terroriste inédite qui vise les Juifs. C’est une attaque terroriste qui touche indifféremment les hommes, les femmes, les vieux, les enfants. Qui touche tout le monde parce que juifs. Mille deux cents personnes ont été massacrées en un jour. Ne me parlez pas des Palestiniens, je suis pour la solution à deux États, je suis pour la Palestine, pour rendre les territoires, leurs droits, tout ce que vous voulez, tout, mais là on a été attaqués. Israël a quitté Gaza en 2005, il n'y a plus un seul Juif là-bas et je pense même qu'aucun jeune Gazaoui n'a vu de Juif ou d'Israélien depuis et même, même, même *at the end of the day : they don't like us* », leur avais-je dit sur le ton un peu affirmé de la fille au cœur d'un conflit perpétuel alors qu'elles sont assises à Levallois dans un pays en paix. Je me suis même dit : « C'est quoi cette obsession *so woke*, post-MeToo à genrer à ce point tout ce qu'il est possible de genrer ? Hey, ici c'est la guerre, pas un article de mag pour l'Europe les filles ! »

L'équipe de Dorothée Werner et Ava Djamshidi avait raison et je n'avais rien vu.

Je n'ai rien vu parce que je n'ai pas pu le croire non plus. La même incrédulité profonde que lorsqu'un ami m'avait affirmé, le 13 février 2006, que « la mort d'un jeune retrouvé torturé, semi-nu, brûlé et agonisant près des rails du RER Sainte-Geneviève-des-Bois était un acte antisémite ». Je ne l'avais pas cru ! En France ? Un acte aussi barbare et crapuleux ? C'était impensable. Pas chez nous.

Puissent Ilan Halimi et les autres victimes de l'antisémitisme français reposer en paix

J'ai été à côté de la plaque parce que cette violence dépassait l'entendement. Mais pour moi, ça n'a duré que quelques jours, pourquoi le reste du monde a-t-il mis tant de temps à entendre ce que les Israéliennes avaient subi ? Le monde des féministes, des Nations Unies, de la Croix-Rouge ? L'UNRWA ? Ce monde plus aguerri, plus politisé, habitué aux combats, aux prises de position, aux engagements. Pourquoi ce monde ne nous a-t-il pas crus ? Silence.

En décembre, Raz Ben Ami a porté plainte contre la Croix-Rouge au nom de quatre ex-captifs et de leurs familles en réclamant presque trois millions de dollars. L'ex-otage libérée par le Hamas arguait qu'elle et les autres étaient restés pendant un mois et demi dans le noir sous terre, que leur santé s'était détériorée, que la Croix-Rouge n'avait pas respecté ses obligations de visites ni de soins. Son mari Ohad est toujours captif à Gaza, sa fille a passé l'hiver à protester en short et

T-shirt dans un froid glacial en expliquant que c'était ce que son père vivait dans les tunnels. Silence.

Malgré les « P », les « J », les « C », on a tous retenu le nom de Mirjana Spoljaric, la présidente du CICR, le Comité international de la Croix-Rouge qui a rencontré les leaders du Hamas au Qatar et s'est rendue en Israël. On a retenu son nom parce que dans une interview à la chaîne 12, elle a accusé littéralement Israël « de ne pas vouloir collaborer avec le Hamas » : « Le Hamas bloquait, disait-elle, car justement il n'obtenait pas les concessions exigées auprès d'Israël. Israël doit trouver un accord afin que le Hamas dise où sont les otages, parce que nous l'ignorons et la Croix-Rouge ne sait pas où aller les visiter. » C'était de notre faute en fait. Elle a ensuite précisé que le CICR n'était pas impliqué dans les pourparlers en cours. Silence.

Sous ses ordres, il y a Alessandra Menegon, une Italienne installée à Tel Aviv qui dirige la Croix-Rouge israélienne. Son appartement privé est situé dans une somptueuse et imposante résidence ottomane à Jaffa. Tous les mardis de ce mois de décembre, malgré le froid et la pluie, un groupe s'organisant par Facebook vient hurler sous ses fenêtres à 18 heures tapantes. Sono, haut-parleur, baffles géants, toujours le même ballet sonore. Les participants commencent par nommer chacun des otages encore retenus par le Hamas. La liste est longue, entendre leurs noms égrenés et abîmés par le son saturé des baffles fait mal aux oreilles et au cœur. Ce sont nos cent vingt-neuf otages toujours détenus en cette mi-décembre, ils font désormais partie de nos familles, on les connaît, on les appelle dans le vide comme si on les attendait pour passer à table. Ensuite le groupe crie le fameux : « *Do your job !* » Et crier est un euphémisme. Sa résidence sait désormais qui est Alessandra Menegon et ce qu'elle ne fait pas. Une copine qui vit là m'a dit qu'elle ne sortait plus son chien qu'à la nuit tombée. *Povero cane.* Silence.

La Croix-Rouge a été créée il y a cent soixante ans, son siège se trouve en Suisse. Petite, je voyais mes parents ne pas leur donner, on me disait de ne pas faire les quêtes dans les rues, de ne pas porter la petite chemise marron, de ne pas offrir le petit autocollant rouge, de ne pas secouer la gamelle en fer blanc, je me souviens de mon père descendre la vitre de la Peugeot et crier « Pourris ! » De génération en génération, les Juifs se passent le mot, baissent la vitre et disent : « Pourris ! » Pendant la guerre, la Croix-Rouge n'a rien vu ni à Auschwitz ni à Theresienstadt. Aujourd'hui, elle ne voit toujours rien. Silence.

Le 21 février l'ARCCI a publié un rapport de 39 pages à destination de l'ONU. L'Association Rape Crisis Center Israël a compilé les données des sources gouvernementales, les enquêtes de presse, les témoignages des secouristes sur place ainsi que les récits des professionnels et des victimes qu'elle a pu recueillir via sa ligne d'écoute. Elle est parvenue au constat que des violences sexuelles ont été « perpétrées de manière systématique ». L'association évoque des mutilations génitales intentionnelles, avec la « volonté de détruire les organes des femmes pour s'en prendre à leur dignité ».

Des corps d'hommes et de femmes ont été ciblés au niveau des organes génitaux et des seins, que ce soit par des tirs, des coups ou des brûlures, *ante* et *post-mortem*. Plusieurs victimes de sexe féminin ont été retrouvées avec des objets insérés dans leurs organes génitaux ou leurs anus, sur les différents lieux des attaques. Silence.

Le 11 mars, le rapport de Pramila Patten pour l'ONU est enfin sorti. Cinq mois et quatre jours après le 7 octobre, cinq mois de déni, de manifestations féministes hostiles aux victimes israéliennes en France. Ce qui s'est passé en France le 25 novembre et plus encore dans les cortèges féministes du 8 mars est inimaginable. Une honte qui perdurera. « Ces collectifs pour les victimes israéliennes du 7 octobre étaient acceptés mais ne devaient montrer aucun lien avec Israël. » Qui a bougé pendant leur éviction, leur mise à l'écart, les agressions qu'elles ont subies, les insultes, les brutalités ? Où était l'intelligence, la solidarité, le *care* et la bienveillance tellement à la mode chez la Gen Z et parmi les soixante-huitardes ? Où étaient les militantes ? Pourquoi l'intersectionnalité a-t-elle buté précisément là ? Silence.

Les Nations Unies indiquent que des viols – parfois collectifs – avaient manifestement eu lieu lors de l'attaque terroriste du Hamas, ajoutant qu'il y avait des preuves « claires et convaincantes ». La rapporteuse spéciale à l'ONU sur les violences sexuelles dans les conflits a visité Israël entre le 29 janvier et le 14 février et elle a vu ce que nous savions tous : « Des scènes d'une violence indicible perpétrées dans une brutalité inédite. Un catalogue des plus extrêmes et inhumaines formes d'assassinats, de tortures et d'autres horreurs incluant la violence sexuelle. » Pramila Patten a rencontré des familles d'otages et de déplacés. Elle a mené 34 entretiens auprès de survivants, de témoins et d'ex-otages. Elle a visité quatre sites, vu des corps à la Shura, regardé cinq mille photos et près de cinquante heures de vidéos. Elle écrit : « Il y a des motifs raisonnables de croire que ces violences continuent sur les otages en captivité. Des motifs raisonnables de croire qu'à la Nova Fest, sur la route 232, et au kibboutz Reim, il y a eu des viols, des viols en réunion, des actes de tortures sur des corps de femmes morts ou vivants. » Après, elle a dit « mais », comme tous ceux qui se sont éloignés de la lucidité au profit de l'émotion. Mais, la Cisjordanie, mais, mais, mais, mais... Silence.

Fin novembre, j'avais discuté avec Céline Bardet, juriste internationale à l'origine de l'ONG We Are Not Weapons of War. Fondée en 2014, elle est la plus efficace de toutes les organisations travaillant à la reconnaissance des crimes et des viols de guerre. Une femme forte, déterminée, les cheveux en bataille, le regard cerné, aucune exigence d'apparence, on sentait avec elle l'urgence et l'âpreté des combats. Les kilotonnes de dossiers administratifs, les couloirs mornes de la Justice pénale internationale. Après le 7, elle s'était immédiatement rendue en Israël, elle s'était d'ailleurs blessée au dos en se jetant par terre pendant une alerte à la roquette. Son slogan tient en trois mots : « Je te crois. »

Fin mars, je lis le portrait qui lui est consacré dans *Libération*, tandis que son ONG s'apprête à publier les conclusions de son enquête. J'apprends que la femme particulièrement capée à laquelle j'avais parlé a traversé « dans les larmes, une crise profonde de décompensation ». Elle gardait des images atroces en tête. « Daesh en Syrie ou le M23 en RDC avaient aussi fait des horreurs mais le Hamas, disait-elle, s'est mis en scène. Les vidéos sont d'une violence inouïe. » Je te crois.

Moustache

Avec Golda Meir Premier ministre et les femmes combattantes dans l'armée, on a grandi avec l'idée qu'Israël était un pays égalitaire. C'est bien entendu un peu faux – et les kibboutz ne sont pas non plus toujours le berceau du bonheur collectif. Ces mythes, on les aime et ils ont façonné l'histoire d'Israël. À défaut de lire des rapports sérieux en hébreu sur les inégalités hommes-femmes que je n'aurais de toute façon pas compris, j'ai vu des films géniaux. Parce que le cinéma israélien (et les séries ont suivi) a l'art de questionner toutes les névroses du peuple juif et d'en sortir des scénarios qui claquent. Au sexisme se sont ajoutés Dieu, la religion, l'ultra-orthodoxie, les gays, les trans, la Shoah, les Ashkénazes, les Sépharades, les Arabes, les Palestiniens, les noirs juifs éthiopiens ou clandestins érythréens, l'armée. Tous ces éléments mis ensemble donnent des scénarios démentiels de complications. Pour ouvrir le champ des possibles, j'ai un jour imaginé rajouter le nanisme aux autres catégories. Un nain palestinien amoureux d'une haredi d'origine sépharade dont le frère rabbin deviendrait trans. Bon, ça pouvait passer à Cannes, à Berlin, à Venise (la catégorie trisomie a été prise aussi, notamment avec *My Hero Brother* de Yonathan Nir, magnifique film). On connaît tous la très bonne trilogie *Viviane Amsellem* signée Ronit et Shlomi Elkabetz ou l'exceptionnel *Mon Trésor* de Keren Yedaya – encore avec Ronit Elkabetz –, mais je voudrais aussi citer des films moins connus, moins sophistiqués peut-être, comme par exemple *Mountains* de Yael Kayam : l'histoire d'une femme qui habite en bordure du cimetière du Mont des Oliviers à Jérusalem, mais son couple ultra-orthodoxe bat de l'aile, alors la nuit elle sert à manger aux prostituées qui charbonnent parmi les tombes. Pointu. Mais aussi *Zero Motivation* de Talya Lavie, énorme carton : les efforts de trois soldates paresseuses pour échapper à leurs supérieurs masculins en attendant de revenir à la vie civile. Ou *Tempête de Sable* réalisé par l'Israélienne Elite Zexer sur les épouses d'un bigame bédouin, ou encore *Working Woman* de Mihal Aviad l'un des tout premiers MeToo israéliens et *Room 514* de Sharon Bar-Ziv, et enfin l'exceptionnelle *Love Trilogy* de Yaron Shani. La liste est sans fin et ça reste du cinéma. Le 7 octobre, lui, nous a jetés dans le réel.

En plus des tortures, des viols, des viols en réunion, les Israéliennes ont été victimes du machisme le plus élémentaire et ce sont les *tatzpitaniyot* – les guetteuses – qui en ont été les premières victimes. Ces unités de collecte de renseignements sont responsables de la surveillance des frontières, leur objectif est de s'assurer qu'aucun élément suspect ne tente de s'infiltrer. Une mission particulièrement fastidieuse.

Généralement, derrière les ordinateurs ultrasophistiqués situés dans des sous-sols, ce sont des jeunes femmes qui occupent ces postes de seconde zone, 24 heures sur 24. Dehors, il y a le froid du désert ou la chaleur extrême, le vent glacial ou le soleil étouffant, mais les guetteuses gardent nos frontières.

Selon une enquête du journal *Haaretz* repris par plusieurs titres français, plusieurs mois avant le 7, les *tatzpitaniyot* de la base de Nahal Oz ont remarqué des mouvements anormaux, des agitations suspectes, des regroupements humains. Plusieurs d'entre elles ont fait des rapports à leur hiérarchie qui les a snobées (exactement comme en 1973).

Si ces filles avaient été des hommes, on les aurait écoutées. Après avoir accablé un peu plus le pays, les conclusions de cette enquête ont été détournées. On a commencé à voir apparaître des tags sur les murs du collectif féminin de tagueuses les *graffitiyul* montrant des soldates avec des seins et des moustaches imposantes. Puis l'émission télé satirique *Eretz Nederetz* a fait un sketch avec une soldate qui avait du matériel d'espionnage sophistiqué mais pas de moustache, bien dommage pour elle, si elle avait eu des moustaches on l'aurait peut-être écoutée ? On a ri, tout le monde a ri, mais en fait pas du tout, parce que Roni Eshel, dix-neuf ans, Yam Glass, vingt ans, Shira Shohat, dix-neuf ans, Adi Landman, dix-neuf ans, Neta Bar Am, vingt et un ans, Shachaf Nesani, vingt ans, Noa Price, vingt ans, Yaël Leibushor, vingt ans, Shirat Yam Amar, dix-huit ans, Hadar Miriam Cohen, dix-huit ans,

Shir Eilat, vingt ans, Shirel Mor, dix-neuf ans, Maya Villalobo Polo, dix-neuf ans, Noam Avramovich, dix-neuf ans, Shay Ashram, dix-neuf ans, Adi Groman, dix-neuf ans, ont toutes été massacrées le 7 octobre dans leur base, cueillies par des barbares qu'elles avaient pourtant repérés. Il y a aussi celles qui ont été enlevées, dont Noa Marciano, dix-neuf ans. Son visage surgit sur mon ordinateur avec sa toge d'étudiante, ses fossettes et son sourire d'enfant. Le 7, elle était kidnappée, le 14 novembre, l'armée la déclarait morte, le 16 novembre, elle récupérait son corps, le 17, Noa Marciano était enterrée en Israël devant ses parents, sa famille, ses amis. Il y a bien sûr Naama Levy, dont la vidéo de l'enlèvement est inscrite dans mon esprit, ces mains qui tirent ses cheveux, le sang sur ses yeux, ses bras, ses chevilles et bien sûr sur son pantalon de jogging. Il y a aussi Ori Meggidish, la seule à avoir été délivrée.

Toutes ces gamines servaient dans le 414th Battalion, Border Protection Corps, l'un des cinq nouveaux bataillons créés en 2000 par Tsahal, spécialement destinés à la protection, la défense et le renseignement aux frontières. Le service n'a pas failli, elles n'ont pas été écoutées.

Nous sommes en avril, pendant que je vérifie leurs noms sur des sites du gouvernement et de l'armée, il y a une fête phénoménale en bas de chez moi. Des cris de jeunes, la liesse, la musique, un niveau sonore pas possible dans toute la rue, ils sautent, ils tapent dans les mains. De 13 heures jusqu'à une heure du matin, c'était une fête ininterrompue, on les entendait danser et chahuter jusque vers Neve Tsedek. Personne n'a porté plainte, aucune police n'est intervenue, aucun voisin n'a haussé le ton. Une retenue tacite des adultes. Se sont-ils dit que ces jeunes archibruyants rentraient sans doute tout juste de Gaza ? Peut-être devaient-ils repartir, mais au nord cette fois ? De toute façon, dans la masse des fêtards, beaucoup d'entre eux avaient forcément perdu un ou une amie à la guerre. C'est dans cette ambiance techno très Pacha Club que je travaille, que j'écris, que je vérifie mes informations sur mon ordi et, à chaque fois, des visages de jeunes filles souriantes apparaissent à l'écran, mon cœur se serre, je pense à leurs parents et je pense aussi aux gosses qui dansent en dessous. À la sortie de l'armée, ces guetteuses auraient elles aussi écouté Beyoncé, hurlé sur du Noa Kirel, publié les images de la fête sur Instagram et TikTok, avec leurs ongles vernis, leurs *crop-tops* et leurs cheveux longs lissés comme c'est la mode parmi les gamines israéliennes. Mais elles sont mortes.

Le chaos grandit, grossit, s'épaissit jusqu'à se transformer en boule de rancœur, de désordre, de colère et de larmes. Aujourd'hui, en cette veille de fêtes de Pâques, cent vingt-six nouvelles recrues des *tatzpitaniyot* n'ont pas voulu monter dans les bus qui devaient les conduire du centre d'incorporation à leur base d'entraînement. Cent vingt-six jeunes filles sur trois cent vingt-six. Sans moustache, elles ont dit non. Quelle fiction, quel scénario rendra hommage à ces vivantes et ces mortes ?

S’extraire du monde horizontal

Nous sommes le 16 décembre, je regarde la France le soir très tard en replay à la télévision ou sur les sites du *Monde*, *Libé*, *Le Parisien*, *Le Figaro*, lire leurs assertions pendant que nous vivons notre quotidien me démontre à quel point l’info et le réel sont deux mondes différents, l’un m’est nécessaire tandis que l’autre c’est ma vie. En manque de littérature et d’évasion, je regarde le célèbre écrivain français Emmanuel Carrère à la *Grande Librairie*. Il explique son année passée à suivre le procès des attentats du 13 novembre. Une traversée incroyable, dit-il avec son élasticité faciale qui m’émeut, une tête hyperlaxe de chewing-gum maché proche de celle de Jim Carrey. Carrère a désormais les cheveux hauts, drus, gris, et ne ressemble plus à un *zek* mais plutôt à un écrivain sage et ridé genre Samuel Beckett. Il dit : « Cela a été une expérience des plus dévastatrices à certains égards, on a entendu des choses d’une intensité humaine. On rentrait chez soi, on se réveillait en pleurant la nuit et il y a eu aussi un compagnonnage d’humanité, l’une des expériences les plus importantes de ma vie. » Qu’aurait-il dit et écrit sur le 7 octobre, lui qui n'a cessé de décortiquer les tragédies ? Il explique aussi dans l'émission qu'en vieillissant, il veut désormais s'attacher à la dimension verticale et non plus horizontale des choses et des gens. Il parle d'un lapin pris dans les phares d'une voiture, d'un témoin pris dans les tragédies du monde, mais en veut-il encore de ce monde ? En gros, je crois comprendre que sa littérature (exceptionnelle) va se concentrer sur lui, son noyau, sa famille, elle sera faite de ce qui lie tout cela entre les générations autour de lui. Je ne sais plus très bien, mais bref, le reste du monde ou son réel, il n'en veut plus sous sa plume érudite et particulièrement efficace. *V13* qu'il m'avait amicalement envoyé est un modèle d'émotion, de faits et de littérature. J'espère me tromper, qu'il va continuer à s'intéresser au monde, mêler comme il sait le faire sa personne avec pourquoi pas la Russie, l'Ukraine, les guerres ? J'attends et j'espère son prochain livre.

Carrère a été mon ami et j'ai été la sienne, un temps. Je pense que ce lien ne s'est pas altéré, il s'est dissous dans l'horizontalité. Le 7 octobre, obéissant probablement à sa nouvelle résolution, il ne m'a pas envoyé de message, je ne peux pas dire que j'y ai pensé tout de suite, je ne peux pas dire non plus que j'ai compté ceux qui avaient appelé car je dois avouer que ces appels ces jours-là étaient des douleurs, je ne pouvais pas penser ce que je vivais, je ne pouvais pas le parler, je n'avais de place pour rien. Mais en l'écoutant à la télé chez Trapenard, je suis ramenée à un échange de mails que nous avions eu pour la promo de son livre *Yoga*, carton d'édition absolu chez P.O.L et pour laquelle il ne cessait de parler d'« attentats à Gaza ». Et j'ai réalisé que Gaza, dans l'imaginaire du monde, c'est la douleur facilement identifiable, la misère possible, la souffrance permanente. La cause idéale à soutenir, le petit moineau déplumé que le grand blanc d'Occident se doit de défendre, nourrir et financer. Je lui avais envoyé ceci à l'époque, parce que cela m'agaçait de l'entendre lui aussi dire des évidences.

> Extrait du mail du 8 septembre 2020.
>
> « Il n'y a pas d'“attentats” à Gaza. »
>
> C'est une affirmation fausse mon ami. Il n'y a pas d'attentats au sens où pof, un Israélien s'infiltrerait là-bas pour foutre une bombe quelque part, faire sauter un bus, un café, un hôtel. À Gaza, il y a des représailles, des fermetures, des blocus, souvent des survols de drones, peu d'électricité, une vie de merde, tout ce que tu veux d'enclavé mais pas d'attentats.
>
> J'ai été frappée depuis que je suis à Paris de t'entendre dire ces mots à la radio, puis les dire à nouveau une autre fois encore à la radio, puis à nouveau dans le journal et encore encore et encore dans d'autres journaux. Dans tous les journaux en fait. (Tu me diras les journalistes posent les mêmes questions, me voilà à répondre les mêmes choses.) Mais il n'y a quand même pas d'attentats à Gaza, c'est faux.

Ce à quoi il avait répondu :

Extrait du mail du 11 septembre 2020.

Valérie, tu as raison. Même si je n'achète pas ta vision du monde selon laquelle des morts israéliens sont des victimes du terrorisme et des morts palestiniens les objets de sanctions justes et proportionnées, tu as raison : le mot « attentats » ne convient pas à Gaza. Cela dit, je viens de vérifier : il n'est pas employé dans le livre à propos de Gaza, mais dans un parallèle entre l'attentat de *Charlie* (je suppose que, là, tu acceptes le mot) et des malheurs survenus en Syrie ou dans la bande de Gaza. (Idem : tu acceptes le mot « malheur » ou tu aimerais mieux « contrariété » ?)

Nous n'en avons jamais reparlé et je l'ai recroisé par la suite. Que dirait-il aujourd'hui de notre douleur à nous ? Les pleurs la nuit, l'intensité humaine, l'expérience dévastatrice, on y est. Et on n'est qu'au début. Je ne peux pas parler de la France et des Français, je n'y suis pas mais je regarde, je lis, j'assiste à l'égarement, la bêtise souvent, l'aveuglement historique de ceux qui se trompent de combat, leurs calculs électoralistes, leur putasserie anti-républicaine qui consiste à extraire les Français de la liberté-égalité-fraternité laïque et à les assigner à des sous-catégories de racisés, de colonisés et de victimisés. Je me mets à compter ceux qui parlent de nous à haute voix en France. Qui les écoute ? Surtout combien y en a-t-il, à quel prix le paient-ils ? J'assiste à des batailles digitales dérisoires mais pourtant ultra-violentes de drapeaux israéliens contre des drapeaux palestiniens sur les réseaux sociaux, à des échanges de pastèques, d'insultes, de tags. Quels que soient les objets des manifestations en France, quelles que soient les causes, on y voit systématiquement de gigantesques drapeaux vert-rouge-blanc portés par de jeunes blancs qui ne connaissent rien, ne savent rien, ne comprennent rien. Mais pourquoi ? Alain Finkielkraut a eu ces mots intelligents dans *Le Figaro* : « La compassion est légitime et même salutaire mais elle ne saurait s'exonérer du discernement. L'histoire nous l'apprend : l'émotion sans intelligence n'est pas moins dévastatrice que l'intelligence sans émotion. »

Il y a des moments ou des posts sont presque drôles aussi, lorsqu'on voit des politiques balbutier devant la carte de la région, sur la place du Jourdain, cette rivière qui irait jusqu'à la mer, des LGBT+ égarés qui tiennent un drapeau du Hamas, il y a un avis « alerte enlèvement » posté sur Gad Elmaleh. J'entends que l'on reproche aux artistes juifs connus de ne pas s'impliquer ou s'engager. Bon. Pourquoi cela devrait-il être seulement la cause des Juifs ? Est-ce qu'on n'est que juif quand on est artiste ? Qu'est-ce que c'est que ce cafouillage français qui n'aboutit qu'à une chose : des manifestations de plus en plus défiltrées d'hostilité, de haine absolue à l'égard des Juifs de France ou de leurs soutiens ?

Le lendemain de l'interview d'Emmanuel Carrère en France, je suis Place des otages, Erez Sarfati, un grand barbu chauve est effondré de larmes sous la pluie.

Il pleut, il fait froid, les pierres transpirent, qui a lu *Judas* d'Amos Oz sait exactement cette ambiance d'humidité et de ruissellement continu qui nous frigorifiait. Sa fille Ron a été assassinée à la rave, Erez a demandé au nom du forum des familles une commission d'enquête sur les négligences qui ont conduit au massacre à la Nova Fest, il veut que les circonstances de la mort des festivaliers soient étudiées, enquêtées et diffusées, pour cela il a créé un nouveau groupe tristement baptisé « Party Flower Forum ».

Je regarde la nouvelle action du collectif Bring Them Home, des avant/après de plus en plus « créatifs », j'imagine les discussions autour de la table comme dans les agences de pub pour trouver la bonne idée visuelle qui va signifier la mort, l'absence, la douleur, je n'arrive pas à qualifier le sentiment de celui ou celle qui ce jour-là a eu la « bonne idée ». Le collectif a reconstitué à l'identique de très banales photos de familles en groupe, sauf qu'à l'image il manque un enfant, un père, une mère, des grands-parents, le décor derrière est de ruines. Le pays entier constate, effondré, ce qui le troue, et les missiles continuent de tomber, et les histoires de morts et de destins brisés affluent. Comme celle de Sahar Baruch, 25 ans, enlevé à Beeri. Tsahal avait tenté une opération de sauvetage à Gaza et a échoué, Sahar est mort. Au kibboutz, il voulait ce matin-là apporter un petit inhalateur à son frère Idan asthmatique, les terroristes avaient incendié leur maison, Idan était chez sa grand-mère Gueula, Idan et elle ont été tués, Sahar a été kidnappé et il est mort ce 9 décembre.

Nous sommes seulement à trois mois de guerre, j'ai envie d'horizons verticaux à la Emmanuel Carrère, envie de m'extraire du monde mais cela ne me sera plus jamais possible.

Une terre réduite

Le chauffeur de taxi est chauve, comme Monsieur Propre, c'est la nuit, je vois son crâne luire par alternance en fonction des phares des voitures que l'on croise, je vois ses yeux regarder dans le rétro. Il m'emmène à Shefayim, un kibboutz à vingt-cinq kilomètres au nord de Tel Aviv, mais il faut une bonne heure pour y aller, sa radio n'est pas allumée, il n'a klaxonné personne, il n'y a même pas de bruit dans sa voiture, ni chansons, ni appels téléphoniques, rien, je suis pensive, épuisée, pas là, le trajet est pesant, il finit par me demander si je suis juive, je dis « oui », alors il s'anime et la voiture respire. « On est les meilleurs, on est les plus forts », cela m'abat encore plus, je pense qu'on n'est pas les meilleurs, que des missiles continuent de s'abattre sur nous, que de simples cisailles ont découpé une protection ayant coûté des milliards de dollars et que mille quatre cents personnes sont mortes massacrées, trois mille trois cents sont blessées, sans parler de ceux qui croupissent dans les tunnels et je ne peux même pas lui dire que je vais à une soirée glamour à Shefayim pour les déplacés du kibboutz Kfar Haza parce que ces mots-là ne peuvent plus s'associer ensemble. Cela dit, ce soir, c'est une soirée glamour à laquelle je vais. « Glamour » et « déplacés » parce que la folie et la solidarité israélienne sont capables d'associer ces deux mots. Des acteurs, des starlettes, des people de Tel Aviv viennent rendre visite à des gens dont la vie a été pulvérisée, c'est complètement bancal mais je me tais, la nuance n'est pas de mise et Monsieur Propre est heureux de transporter une Juive, heureux de la force de nos soldats, heureux qu'Israël ne plie jamais face au monde, heureux que le Premier ministre soit Benyamin Netanyahou.

La haine du Juif a ceci de réconfortant qu'elle est immuable, Shefayim a été fondé en 1935 par des Juifs qui fuyaient les pogroms et l'antisémitisme en Pologne. Il est devenu un kibboutz rentable dans lequel un complexe hôtelier très 1970, très brutalisme soviétique fait le bonheur des touristes. C'est justement celui-ci qui est réquisitionné par le gouvernement pour reloger, protéger, aider, soutenir – on ne sait quel verbe choisir – les survivants de Kfar Haza, neuf cents habitants, soixante morts, dix-neuf kidnappés. Au 28 novembre, sur les quatre-vingts otages, soixante-quatorze ont été libérés. Ils sont quelques centaines ici, sur les cinq cent mille personnes évacuées du sud d'Israël et du nord, à occuper des chambres toutes simples dans l'immense domaine champêtre.

Dès le premier petit tricycle pour enfant qui traîne dans l'entrée de l'hôtel, une évidence me saute aux yeux, ces cinq cent mille déplacés, c'est la réduction du pays en dessous des frontières de 1967, en dessous des sept guerres, des intifadas, des attaques de missiles d'Irak, d'Iran et des milliers d'attentats, en dessous du plan de partition de 1948 en fait. Vingt-cinq localités dans le sud sont vidées de leurs habitants, vingt-huit près du Liban, cinq cent mille personnes vivent ailleurs que chez elles, dans des hôtels, des appartements, des moshav, des hébergements temporaires. Les familles sont regroupées par chambre, parfois à cinq parfois à deux. On en voit certains errer par grappes dans les rues de Tel Aviv, notamment sur le bord de mer puisque c'est dans ces hôtels réquisitionnés qu'ils sont logés. Des « gens du sud » un peu plus gros, un peu plus débraillés, un peu plus sauvages. Le pays est physiquement réduit sur son territoire légitime, raboté, vidé en haut et en bas. Je pense au mot « colon » que le XXIe siècle occidental a couvé, élevé, déconstruit et reconstruit au nom du victimisme et de la culpabilité, l'Israélien serait un colon, mais d'où, de quoi ? Avec la perte de leurs maisons, c'est l'équivalent de tout Toulouse ou tout Lyon qui est exfiltré du territoire, comme si tous les habitants de ces villes étaient dispersés sur le territoire français. Où est la colonisation ? L'Israël impérialiste que fustigeait la Russie après 1967, où est-il ?

La désolation s'étale tout le long du chemin gazonné qui mène au centre culturel du kibboutz parce que des objets bêtes traînent là comme les cailloux du *Petit Poucet*, sauf qu'ils ne mènent ni à la forêt, ni à la maison, il n'y a plus de maison. Ils sont juste le signe d'un nouveau quotidien ballotté. Une banderole trône à l'entrée « Kfar Haza remercie Shefayim ». Une aire de jeux a été installée sur la pelouse centrale, des tricycles, des vélos, des ballons, des raquettes, un T-shirt, une basket, éparpillés partout. Les familles de déplacés égrènent leurs affaires, les gosses abandonnent leurs jouets là où les activités désorientées de leur journée se sont arrêtées, ils sont sûrs de les retrouver le lendemain matin au même endroit avec le même bouleversement. Je suis encore plus accablée. Pourtant, ce soir, c'est la fête, tout le monde est agité, il se passe quelque chose de « sympa ». Le film *Running on the sand* d'Adar Shafran est offert en projection spéciale aux survivants du kibboutz Kfar Haza, l'amphithéâtre est plein, la production du film offre un généreux cocktail à tous, des beignets, parce que c'est bientôt la fête de Hanoucca, de la bière, du vin, des sandwichs, des pizzas, des falafels ; une délégation d'acteurs et actrices du film a fait le déplacement de Tel Aviv et se fait photographier dans l'escalier central avec les kibboutzniks. On est un peu ivres, un peu repus, un peu graisseux, les portables photographient à tout va et ce que j'observe dans la salle, c'est d'un côté l'élégance plouc des starlettes de Tel Aviv, des costards qui luisent et des robes crayons qui moulent, et de l'autre le négligé doublement négligé des kibboutzniks, des sandales ouvertes de randonnée, des pulls à zip de mauvaise qualité, un peu de bedaine, de doigts de pieds et de cheveux volumineux. Le choc de deux mondes dans une débauche d'écrans Samsung Galaxy sous les missiles. Le manitou de la soirée, Moshe Edery, serre des mains, place des gens sur des sièges et fait du bien à tous. Il faut s'arrêter un instant sur ce monsieur très basané aux cheveux gris frisottés et courts, sur sa bonhomie et son naturel.

Avec son frère Léon, mort en 2018, il a bâti un empire du cinéma israélien. La famille Edery est venue du Maroc dans les années 1950 et a bien entendu été bazardée au fin fond du sud comme tout bon immigrant oriental pauvre. En s'investissant pour le septième art du jeune pays, lui et son frère sont parvenus à s'imposer comme les figures les plus puissantes du cinéma israélien. Ce qui frappe, c'est que ces deux Marocains, purs transfuges de classe mizrahis, ont eu l'intelligence de produire aussi bien des chefs-d'œuvre intellos politiques comme *Beaufort*, Oscar du meilleur film étranger, qui racontait les errements de Tsahal dans un poste d'observation à la fin de la guerre du Liban, comme *Footnote*, la rivalité intellectuelle et religieuse entre un père et son fils, tous deux chercheurs, ou *Lebanon*, Lion d'or qui racontait la guerre du Liban depuis l'intérieur d'un tank Merkava, que des « borekas », films lourdauds comiques genre *Sima Vaknin, sorcière*, une bonne vieille sorcière qui jette des sorts à ses voisins ou *The Last Band in Lebanon*, une comédie totalement loufoque qui montre trois malheureux soldats oubliés sur place après le retrait d'Israël au Liban. Les Edery élevés à l'huile et à la semoule ont eu l'intelligence de financer des artistes ashkénazes plutôt à gauche dont les fondamentaux ciné s'appuyaient sur la critique virulente du pays et de ses institutions, tout en aidant en même temps des films populaires de droite, tout comme des films d'horreur, des thrillers et bien entendu des *queer movies*. On leur doit les films gays d'Eytan Fox, les films de gauche d'Amos Gitaï ou les drames de l'émigration type *Adieu Bagdad*, et même des films bédouins. Pour donner une idée de là où ils viennent, il faut voir le célèbre film *Au bout du monde à gauche* d'Avi Nesher, on comprend tout. En prime ils ont créé les complexes à pop-corn clinquant Cinéma City. Bref, les Edery, c'est un mélange d'Hugo Sélignac et de Pascal Caucheteux, avec *Mais où est donc passée la septième compagnie ?*, de la Gaumont et les frères Altmayer dedans, mais en marocain.

Ce soir, Moshé offre *Running on the sand* et sa brochette de people aux déplacés. L'histoire d'Aumari, immigré noir clandestin expulsé d'Israël et qui, à la faveur d'un quiproquo à l'aéroport, prend la place d'une star du foot nigériane engagée à prix d'or au Maccabi de Netanya. C'est romantique, footeux à fond, un peu drôle, ça permet de montrer les blancs au grand cœur embourgeoisés qui finalement ne sont pas si racistes que cela et les migrants noirs esclavagisés en Israël (qui finissent quand même par rentrer dans leur pays, mais passons).

Mon jeune voisin est tout excité, il y a dans la salle des joueurs de foot du Maccabi, des rappeurs et des acteurs de Tel Aviv qu'il aime, lui le gosse du kibboutz du sud. Il s'appelle Iftar, vingt et un ans, pâle, il est avec une bande de copains sur le rang à côté et m'explique qu'il est resté avec son père et sa grand-mère trente heures dans le *mamad*, la pièce de sécurité ; avant que les secours arrivent. Les terroristes ont tiré sur la porte, il a été touché, il me montre son avant-bras déchiqueté mal cicatrisé et ses doigts qui ne se ferment plus.

« Comment as-tu tenu dans la pièce de sécurité ? Tu avais peur ?

– Oui, j'ai pris mon T-shirt, je l'ai enroulé autour du bras et je me suis assis dessus pour comprimer, les secours et Tsahal sont venus dimanche soir après l'attaque. »

Il me raconte tout cela sans me regarder, parce qu'il gigote, sourit, il crie comme un gosse dès qu'une star arrive, il fait des photos, s'excite avec ses amis, me montre en même temps la vidéo de sa maison dévastée sur son écran et me désigne un garçon qui descend la travée de l'amphithéâtre parce que son père à lui est mort ce jour-là. L'amphi est bondé, la fête bat son plein, soirée « Glamour pour les déplacés ». Je pense à Simona Steinbrecher dont la fille Doron, trente ans, est à la merci de ces tarés, je pense à Livnat Kutz qui tenait l'atelier de réparation du kibboutz et dont le mari et les trois enfants ont été assassinés ce matin-là, je pense à l'acteur Yahav Winner, réalisateur originaire de Kfar Haza et à son court-métrage. Cet artiste de trente-six ans avait protégé sa femme et son bébé d'un mois, le matin du 7 octobre, il avait bloqué la fenêtre de la pièce de sécurité, puis il avait bloqué la porte de la maison avec le landau, mais cela n'a pas suffi. Shaylee, son épouse, et Shaya, la petite fille, sont restées cachées une journée entière dans la pièce de sécurité, seules. La nouvelle de la mort de Yahav ne leur a été donnée que trois jours après l'attaque. Sa femme « espérait » qu'il fût otage, il a été abattu. Yahav avait réalisé un court-métrage, récompensé au Festival international du film universitaire de Tel Aviv titré *The Boy*. Rétrospectivement, le synopsis est atroce : l'histoire d'un père et de son fils faisant face aux tirs de roquette à Kfar Haza. Tout est fou.

Mais ce soir, on ne diffusera pas ce court-métrage, ce n'est pas l'esprit. Ce soir ça flashe, ça crie, ça mange, ça se divertit. La projection démarre et la première scène de *Running on the Sand* me fend le cœur, suis-je la seule ? On y voit l'acteur israélo-congolais Sean Chancela Mongoza courir à perdre haleine sur le sable du désert, le soleil tape, l'image est surexposée, il est épuisé à en mourir, il a l'air de fuir quelque chose, sue, halète et tchac, à la deuxième scène, à la deuxième image, comme par magie, immédiatement, instantanément, deux soldats de Tsahal apparaissent face à lui, surarmés, filmés de leurs rangers à la tête en gros plan. Deux soldats qui défendent les frontières d'Israël et confirment la légende : « On ne rentre pas comme cela en Eretz Israël. » Je repense au 7 octobre, il n'y a pas eu la magie du cinéma. La légende ou la promesse de protection ontologique d'Israël était fausse, personne n'est apparu instantanément pour défendre les frontières, personne. Iftar est parti avant la fin du film, un peu trop moralo-saoulant pour les jeunes sans doute et, certainement après avoir traîné avec ses potes dans le parc, a rejoint dans sa chambre d'hôtel son père vivant, sa grand-mère vivante tout comme les 500 000 déplacés du pays.

Au fil des jours de guerre, il apprendra d'autres épouvantables nouvelles pour Kfar Haza. Comme ce 26 janvier où le Hamas, après cent onze jours de captivité, a publié la vidéo de Doron, justement, et de deux autres femmes, Daniella Gilboa et Karina Ariev, tuméfiées et suppliant le gouvernement israélien de les ramener à la maison. Comme ce 12 mars où le cadavre d'Itay Chen a été identifié. Ce jeune sergent de dix-neuf ans servait dans les corps blindés et avait été capturé par le Hamas au kibboutz de Kfar Haza. Sa famille, effondrée, avait expliqué à la radio que tant que son corps ne lui était pas restitué, elle ne ferait pas les Sept jours de deuil. Au 157e jour de l'attaque, 134 otages étaient toujours retenus à Gaza. Vingt enfants étaient orphelins des deux parents, quatre-vingt-dix-sept avaient perdu soit l'un soit l'autre.

Unorthodox

L'un des plus luxueux hôtels de la plage se trouve en bas de chez moi, 5 étoiles, vue panoramique, tout en verre et acier, piscine, salle de sport, shopping, beauty et magnifique lobby. Mais dans l'entrée en marbre, un autel commémore les vingt massacrés à Netiv HaAsara. Leurs visages et leurs vêtements saisis dans la banalité d'une vie en plein air détonnent dans ce décor pour touristes aisés. Ces sourires, ces chemises à carreaux, ces casquettes d'ouvriers, ces cheveux lâchés au vent ont perdu la vie ce samedi matin. Les 200 familles de ce moshav vivent toutes dans cet hôtel désormais, sans leurs affaires, désœuvrées, survivants flottant dans des salles de réception et de petit-déjeuner. « J'attendrai que ce soit en paix et là je ramènerai ma famille, je veux retourner dans un endroit où on est sûr que les terroristes ne reviennent pas nous tuer. » Fin mai, ils étaient encore à l'hôtel. Je suis allée voir leur paradis perdu.

À sa création en 1973, Netiv HaAsara était dans le Sinaï, mais lorsque les accords de Camp David ont été signés, le moshav a quitté la terre pour la restituer aux Égyptiens. En 1982, soixante-dix familles sont venues recréer un nouveau Netiv HaAsara, au sud d'Israël cette fois, à quatre kilomètres de Beit Lahia, à dix kilomètres de Gaza City et à quatre kilomètres à peine de la frontière avec Gaza. Le poste-frontière d'Erez se trouve d'ailleurs à sept minutes en voiture. Le bâtiment dont on imagine le caractère de citadelle est maintenant pulvérisé, détruit, courbé comme un soumis, résigné dans les gravats, les tôles et les impacts de RPG. Ce qui reste du poste est gardé par deux soldats poussiéreux, un noir, un roux qui se font cuire des saucisses à l'arrache sur un bout de parapet. Le soleil tape, leur réchaud est sale, ils mangent debout comme ils peuvent. Avant le 7, passaient par là cinq jours par semaine des travailleurs palestiniens empressés de mieux gagner leur vie en Israël, des convois de médicaments et du rapatriement médical d'urgence pour Gaza. C'était le point de passage convoité de tous les Gazaouis, surveillé par toutes les associations de droits de l'homme, ouvert et fermé comme une pince de crabe au gré des mesures vexatoires ou sécuritaires du gouvernement israélien. C'est fini.

Dans le moshav fleuri et vidé, à l'horizon, à portée de doigts, j'ai vu Gaza. Il faisait chaud, mais au premier boum je me suis figée, pétrifiée par un froid intérieur. J'ai entendu la guerre, son bruit, ses détonations en vrai ; la guerre on en entend parler, on la commente beaucoup à la télé, dans les journaux, tous les spécialistes spécialisés s'en emparent mais peu l'ont éprouvée. L'entendre, c'est une expérience horrible. J'ai zoomé sur les villages, les fumées, les dévastations, j'ai ressenti les tragédies humaines invraisemblables, les déplacements par milliers, les destructions, les morts d'enfants, de femmes, de civils et puis, le cœur gelé tout à fait, je les ai laissés là en toute inhumanité. Je n'ai pas pu laisser entrer dans mon cerveau des pensées pour les Palestiniens de Gaza (ni pour ceux de Cisjordanie, d'ailleurs), pourtant je suis allée à Ramallah des dizaines de fois, j'y ai rencontré des artistes et des galeristes. Je suis allée dans les villes israéliennes arabes pendant les précédentes attaques au couteau et les précédents attentats. Mais ce 7 octobre, les mots se sont suicidés en moi, avant même que je ne les pense. Je n'ai pas de place pour l'autre côté. Ce n'est pas du militantisme, de la propagande, de l'aveuglement, ni même de la politique, je ne veux même pas me cacher derrière le fait que le Hamas est entièrement responsable de la situation des Gazaouis. Non, je ne peux tout simplement pas, mon cerveau ne sait pas par où commencer, par où laisser entrer quelque chose. J'ai beaucoup réfléchi à cette impossibilité pendant l'écriture de ce récit, très souvent, tout le temps même et surtout en regardant les journaux, les images de destruction et les posts Instagram violents venus de France. Quelle femme étais-je devenue ? Pouvais-je être là où j'étais dans la pondération ? Une minute pour l'un, une minute pour l'autre ? Je ne sais pas, en tout cas pas moi. Je n'ai pas pu et je ne peux toujours pas aujourd'hui. J'ai repensé à ce mot que Claude Lanzmann m'avait dit à Jérusalem, me collant de près avec ses médicaments dilués dans du whisky, il avait évoqué les « incompossibles », des choses qui ne sont pas possibles ensemble : « Élire l'une, c'est interdire à l'autre d'exister. »

Ils sont de l'autre côté et moi je suis là, du côté de ce ciel bleu par lequel sont passés les terroristes dans d'improbables ailes volantes, là où les terroristes ont tiré à bout portant sur tous ceux, femmes, hommes, jeunes, vieux qu'ils trouvaient sur leur passage. J'apprendrai le lendemain que les fumées que j'apercevais étaient celles d'un immeuble bombardé par le Hamas et dans lequel vingt-quatre soldats réservistes israéliens devaient trouver la mort, écrasés.

Sur la route du retour, le visage bon enfant du Rabbi de Loubavitch est constellé de stickers FCKHMS (Fuck Hamas), il apparaît, longue barbe blanche, chapeau noir, la main levée vers nous, accueillant. Sur chaque panneau, c'est soit sa barbe, soit sa main, soit ses yeux qui sont tagués du sticker. Pauvre Rabbi qui n'a jamais mis les pieds en Israël, jamais eu d'enfant, alors que la moyenne dans cette mouvance c'est sept gosses, qui est mort paralysé de la parole à quatre-vingt-douze ans et a été le leader spirituel incontesté du puissant mouvement mondial Chabad. Le pèlerinage sur sa tombe dans le Queens est une des cérémonies les plus délirantes que j'aie vues, des milliers de gens, anonymes ou people – citons Naomi Campbell –, viennent jour et nuit, sans discontinuer, y prier et déposer un vœu dans un petit papier.

Il faut une heure et demie de route pour revenir du sud vers Tel Aviv. Sur la route, les innombrables panneaux tagués du Rabbi racontent la place des ultrareligieux dans cette guerre et l'enjeu politique qu'ils constituent. Le Premier ministre a gagné les élections en concédant des libertés, des faveurs et des exemptions inimaginables à ces partis-là – « Shas » et « Judaïsme unifié de la Thora ». Les Loubavitch, mais plus largement les Haredi orthodoxes et les ultra-orthodoxes – et parmi eux les puissantes dynasties hassidiques – attendent le Messie. Mais en l'attendant, s'engagent-ils pour la défense de leur terre promise ? Il y a dix millions d'habitants en Israël et 400 000 réservistes. Ces juifs ultra religieux là représentent environ 12 % de la population. Ils ne font pas l'armée, ne paient pas d'impôts, ne reconnaissent que l'autorité de leur rabbin et pas celle du système, ont leurs propres canaux d'information, leurs banques, leurs quartiers, leurs circuits, leurs codes. La moitié d'entre eux ne travaille pas. Tsahal estime qu'il y a un réservoir de 65 000 à 80 000 hommes mobilisables pour l'armée – parmi eux, 3 000 seulement sont enrôlés à l'heure actuelle. Ils n'étaient que 400 à l'époque de Ben Gourion qui, lorsqu'il était Premier ministre d'Israël, leur avait accordé cette exemption dans les années 1950. L'excellent film *The Unorthodox* d'Eliran Malka et le non moins formidable documentaire *Le roi des Sépharades* d'Ofer Pinchasov racontent chacun à leur façon cette montée en puissance politique du religieux avec, en ce qui concerne les Sépharades, le puissant parti Shas, le parti de ces Sépharades humiliés par les autorités religieuses ashkénazes. Le film et le documentaire racontent les concessions des gouvernements et montrent aussi les complexités des autorités religieuses lorsqu'il s'agit de dealer avec les laïques, on constate par exemple que le grand rabbin ultra-orthodoxe Ovadia Yossef avait dit

« oui » aux accords de Camp David, « oui » à l'évacuation des colonies. Faut-il enrôler ces étudiants d'écoles talmudiques et leurs aînés aussi chétifs qu'imperméables au monde extérieur, éternels parasites en schtreimel maintenus sous perfusion du travail de leurs femmes et exemptés de tout sauf d'étudier ou de faire croire qu'ils le font ? L'argument des rabbins ultra-orthodoxes est de dire qu'eux aussi protègent Israël, par les prières, le respect de la Thora et la crainte de Dieu. Des voix se sont élevées dans le pays pour dire : « D'accord, alors comme on va enquêter sur les défaillances de l'armée, des services secrets et du renseignement, à ce compte-là, il faut également enquêter sur Dieu. Pourquoi a-t-il failli ? » Mais l'État juif a cette exception…

En juillet, Yoav Galant, ministre israélien de la Défense, annonçait qu'il était convenu avec les ultra-orthodoxes que l'armée augmenterait chaque année leur nombre de 5 % pour atteindre un quota de 50 % dans cinq ans. En guise de réponse, le rabbin Dov Landau, l'un des principaux leaders ultra-orthodoxes ashkénazes ordonnait à ses ouailles de ne pas se présenter aux bureaux de recrutement.

En novembre, la Knesset devait à nouveau étudier leur cas et réfléchir à l'âge requis pour intégrer l'armée ou en être dispensés. En décembre, en plein vote du budget, un sondage de l'Haredi Institute for Public Affairs est venu éclairer la situation. Les Loubavitch, puis les ultra-orthodoxes sépharades suivis des ultra-orthodoxes ashkénazes, se sont prononcés : 73 % d'entre eux ont estimé que le sentiment de destin partagé avec la société israélienne s'était renforcé, 75 % ressentaient une connexion profonde avec le récit israélien, 29 % soutenaient l'enrôlement des Haredi dans l'armée – autrement dit 71 % étaient contre –, 32 % étaient favorables à une plus grande intégration dans la société israélienne – 68 % s'y opposaient donc. Tout à coup, plus de 450 volontaires orthodoxes s'engageaient dans des bataillons spécialisés de Tsahal. Je repense à un autre film en noir et blanc, *Tikkun*, d'Avishai Sivan : l'histoire d'un brillant étudiant de Yeshiva qui s'impose un jeûne le menant à frôler la mort, les secours le déclarent perdu mais son père le réanime. Il sent dès lors l'éveil charnel de son corps. Malgré ses prières et son étude des textes, il commence à ressentir des émotions physiques, voit son pénis en érection. Et va voir des filles aussi. Drôle de film.

Zéro

Zéro, c'est notre nouveau credo. Zéro avancée, zéro négociation, zéro perspective, zéro unité, zéro réponse, zéro otage vivant, zéro otage mort. Pourtant les familles, les peuples d'Israël, d'Amérique, d'Europe et des pays arabes ne cessent de compter, mais on arrive toujours à zéro. L'addition des réunions, des allers-retours, des va-et-vient, des déplacements et des délégations est astronomique au regard du zéro. De janvier à mai, les négociations entre Bill Burns, le directeur de la CIA, David Barnea, le chef du Mossad, Nitzan Alon, le chef du commandement intérieur de Tsahal, Ronen Bar, le chef du Shin Bet, des membres de la sécurité israélienne, les hauts dignitaires arabes et leurs cohortes d'émissaires, le Premier ministre qatarien, le chef du renseignement égyptien, les responsables jordaniens et les terroristes du Hamas se font et se défont comme dans un Rubik's Cube moyen-oriental frappé par la Taqiya. Tout est bloqué, tout est friable, tout est mensonger et à chaque fois, chacun rentre chez lui, sauf les otages.

Il est interdit de compter les Juifs dans la religion, mais on découvre le cours de l'humain à la faveur des différents plans de négociations. Un civil juif israélien vaut trente prisonniers palestiniens, parfois vingt. Un soldat juif israélien vaut cinquante prisonniers palestiniens, parfois quarante. Un corps de Juif israélien ne vaut pas pareil qu'un corps de terroriste, ou peut-être que si, cela dépend. Je n'ai pas le prix d'un otage étranger, ni celui du corps d'un otage mort mais capturé avant, en 2014 par exemple, comme Hadar Goldin. Parfois une femme soldate vaut cent Palestiniens condamnés pour meurtre, parfois cela redescend à trente condamnés à perpétuité. Parfois le chiffre de quarante otages vivants incluant des enfants, des malades, des personnes âgées passe à trente-trois otages de tous âges, indifférenciés, vivants ou morts, contre huit cents à mille Palestiniens tous vivants.

Ce comptage morbide change quasiment à chaque négociation inaboutie. Parfois, le Hamas accuse Israël. Parfois, Israël et les États-Unis touchent au but. Parfois, le Hamas annonce qu'il ne bougera pas des grandes lignes de l'accord qui n'a été validé que par lui-même. Parfois, le Hamas dit non mais continue de discuter. Parfois le Hamas ne dit plus rien.

Et les jours passent et rien n'avance, rien ne se débloque, ni par la guerre ni par la négociation.

De janvier à mai, à mesure que les diplomates entrent en scène, la Place des otages devient le théâtre de représentations toujours plus insoutenables, toujours plus improbables.

Ici, un groupe de famille d'otages a installé une tente de projection et propose « Don't Close Your Eyes » :

des visiteurs font la queue pour regarder une vidéo avec un casque de réalité virtuelle qui les met « en situation » sonore et visuelle de viols, d'assassinats et d'exactions du 7 octobre. Là, des femmes bijoutées d'une banlieue chic organisent une nouvelle bénédiction du pain, toutes en soie et foulards chamarrés, elles s'embrassent et se selfisent. Un jour des étudiants d'écoles talmudiques installent des dizaines de chaises confident afin de discuter et étudier à deux des passages de la Thora. On voit alors se multiplier partout sur la place des duos en chemise blanche et pantalon noir penchés sur de grands livres sacrés pour contribuer spirituellement à la libération des otages. J'aurais aimé entendre quelque chose d'intelligent sur le *Pidyon Chvouyim*, l'obligation essentielle du judaïsme de racheter ses prisonniers. Des enfants, ex-otages libérés, parlent de ce que leurs pères vivent encore en captivité. Ils savent, ils l'ont expérimenté.

Sur la Place des otages, des supporteurs de Liverpool agitent leurs couleurs aux côtés du jaune et bleu du Maccabi TLV. C'est comme au stade. Un parterre de drapeaux pour soutenir Ziv et Gali Berman, vingt-six ans, kidnappés dans le quartier des jeunes du kibboutz Nir Oz et dont la famille n'a appris qu'ils étaient disparus que le 17 octobre. Les jumeaux étaient fans des Reds.

Un soir, Ayala Metzger vient parler de son beau-père Yoram. À entendre son âge au micro, c'est comme si moi et la foule étions poussés dans les escaliers. Quatre-vingts ans. En train de croupir dans un tunnel ou au fond d'une geôle. Comme Haim Perry, soixante-dix-neuf ans, comme Amiram Cooper, quatre-vingt-quatre ans, Gadi Mozes, soixante-dix-neuf ans, Abraham Munder, soixante-dix-huit ans, Oded Lifshitz, quatre-vingt-trois ans, Alexandre Dantzig, soixante-quinze ans, lions faibles attrapés à Nir Oz. Je pense aux autres proies faciles, mortes ou vivantes comme Shlomo Mansour de Kissoufim, quatre-vingt-cinq ans. Fin juin, on apprenait que Haim Perry et Amiram Cooper étaient déclarés morts.

Un autre soir, c'est de l'autre côté de la place face à la Kyria qu'une petite dizaine de familles hurlent dans le ciel, il y a soixante personnes à peine, abandonnées, livrées à elles-mêmes, désespérées qui crient sous les bureaux du cabinet de guerre. Des appels à leurs filles, à leurs pères, à leurs frères, étouffés dans le bruit des voitures du boulevard : « Ohad, c'est maman, je sais que tu es fort, on est ici pour t'attendre, toute la famille t'attend. Omer, c'est papa et maman, tu nous entends ? On pense à toi chaque jour, on prie pour toi chaque jour, mon fils, mon âme. Itay, Chen, c'est nous, on est là, es-tu là ? Papa, on est là, on pense à toi, le peuple d'Israël pense à toi, le cher cabinet de guerre pense à toi. Chema Israël. »

Au fil de ces longs mois de négociations, les manifestations se délocalisent, s'égrènent, chaotiques ou denses, désespérées ou mobilisatrices. Une manifestation sous la pluie se déroule à Jérusalem, entre le bureau du Premier ministre, le ministère des Affaires étrangères et la Knesset. Au milieu des pierres blanches de Jérusalem, il y a quatre énormes tracteurs de l'Otef (la ceinture fermière autour de la bande de Gaza), quatre énormes machines agricoles posées là par des semi-remorques encore plus imposantes. Il pleut des cordes. Dans ce décor rural, un comité de familles se tient sous des parapluies et propose à tous des flambeaux ou des loupiotes jaunes. La pluie tombe, nous ne sommes pas nombreux. Les familles racontent le kidnapping en pyjama, en boxer ou à demi-nus, il pleut toujours des cordes et chaque témoignage se termine par une plainte horrible dans la nuit de Jérusalem : « On les veut en vie, on les veut maintenant ! » On apprendra cette nuit-là que le corps d'Eden Zakaria, vingt-huit ans, ainsi que celui du sergent-chef Ziv Dado, trente-six ans, ont été retrouvés dans un tunnel près de la maison d'Ahmed Ghandour, ancien commandant de la brigade du Hamas. La maman d'Eden avait dit peu de temps après sa capture à la Nova Fest : « Je veux croire qu'il y a de bonnes personnes là-bas, à Gaza, il y a de bons Arabes. On s'occupe d'elle, je veux le croire. »

Fin décembre, c'est Eli Schtivi dont le fils Idan a été capturé à la Nova Fest, qui a posé sa tente tout seul devant la villa de Benyamin Netanyahou à Césarée, puis il a fait la même chose devant sa résidence à Jérusalem, toujours tout seul. Le soir de la fête de Pourim, quelques parents ont installé une cabane de Souccot sur la place emblématique de Dizengoff, là où trône la fontaine psychédélique d'Agam. Les Israéliens se sont paradoxalement déguisés, comme le veut la tradition pour cette fête ; il y a peu de monde, mais les cafés alentour sont pleins. Un jeune barbu en chemise blanche démarre un morceau à la guitare, c'est Daniel Weiss qui rend hommage à son père Shmulik, assassiné le 7, et à sa mère Judith, assistante maternelle au kibboutz Beeri, kidnappée puis tuée à Gaza et dont le corps a été retrouvé en novembre par Tsahal, ils laissent cinq enfants et cinq petits-enfants.

Un soir de grande circulation, des familles ont bloqué le boulevard Begin en s'enfermant dans des cages. Certaines ont été arrêtées par la police. Une autre fois, c'est à nouveau à la Knesset, à Jérusalem, que des milliers et des milliers de gens se sont massés dans une manifestation monstre, menée par plus de quatre-vingts organisations dont la très puissante Brothers in Arms qui appellent essentiellement à la démission du gouvernement et à de nouvelles élections. Parmi les 60 à 90 000 personnes, on voit des vétérans de la guerre du Kippour montés sur un vieux tank rouillé qu'ils ont placé là on ne sait comment, on repère quatre cents anciens pilotes de la puissante armée de l'air de Tsahal, leurs cheveux grisonnants, leurs muscles flétris, regroupés par leur T-shirt bleu outremer « Patriot », on entend la fille d'une otage parler de sa mère libérée mais brisée, on entend d'autres proches d'otages raconter leur désarroi, leur solitude, leur épouvante, on entend Yaïr Golan, puis Yaïr Lapid qui déclare dans un impressionnant réquisitoire anti Netanyahou : « Dans n'importe quel pays normal, le Premier ministre aurait démissionné après une telle attaque et une telle faillite. » Je tique sur le mot « normal ». Qu'auraient fait les chefs du gouvernement d'Irlande, d'Espagne ou de Suède ? La manif va durer trois jours et se transforme peu à peu en une marée argentée, des centaines et des centaines de tentes s'étalent sous la Knesset pour ceux qui veulent dormir sur place. En ce 31 mars, tandis que les étudiants de Columbia et d'ailleurs scandent des slogans délirants, je vois passer un jeune barbu en toge et sandales façon Jésus, tout seul avec une pancarte en carton incompréhensible. De drôles de gens traînent dans les rassemblements.

À Tel Aviv, un après-midi d'avril, on assiste à une toute petite conférence de « Tikva » – les familles d'extrême droite. Elles aussi veulent avoir droit de cité sur la place. Ces gens à la tête couverte et aux jupes longues sont dans un coin, ils ont des parents, des enfants aux mains du Hamas comme Zvika Mor, le père d'Eytan, vingt-trois ans, agent de sécurité à la Nova Fest. « Évidemment, m'explique ce sioniste religieux, qu'il faut libérer les otages mais pas à n'importe quel prix. Il ne s'agit pas que des otages, nos enfants partent à la guerre aussi, il en va de la sécurité et de l'existence du pays, il faut laisser Tsahal finir le travail. » Il veut la guerre totale, la sécurité totale, la séparation totale. Le logo et les couleurs ne sont pas les mêmes que pour Bring Them Home, pas de rouge et noir mais du bleu et jaune, pas de soutien massif non plus parmi les Tel Avivis. Zvika explique qu'il y a trois comités de familles, Bring Them Home qui pousse à la négociation, Tikva qui ne veut pas d'un deal à n'importe quel prix et enfin ceux que l'on n'entend jamais : « Pourtant, on représente la moitié des 136 otages dans les tunnels. » Quelques-uns d'entre eux ont rencontré le Premier ministre dans l'après-midi, ce dernier les a assurés qu'Israël entrerait à Rafah et continuerait la guerre jusqu'au bout.

La confusion est de plus en plus grande. Des parents en rouge et noir assistent à cette conférence en bleu et jaune et discutent ensuite tous ensemble sur la place. Plus tard dans le sud, les bleus et jaunes bloquent les convois à l'entrée de Gaza et détruisent des colis alimentaires. En février, quarante-cinq familles en rouge et noir ont demandé la démission de leur puissant leader Ronen Tzur au nom de la neutralité politique, elles avaient reçu des menaces en interne parce qu'elles soutenaient les membres du gouvernement. Ronen Tzur est parti en bon communicant : « Il a été décidé d'un commun accord que désormais une équipe de familles autodésignées dirigerait les activités du siège du comité », tweete-t-il, en donnant sa démission.

Début avril, la pudeur et la retenue sautent tout à fait. Le respect tacite dû aux victimes est balayé par les querelles politiques tandis que le déni s'installe dans le monde entier. Une avalanche de vidéos épouvantables déboule sur nos téléphones portables, elles sont réalisées par Tsahal et relayées par les réseaux sociaux. Des vidéos qui montrent ce qui s'est passé le 7 octobre et rappellent ce pour quoi l'armée se bat. Contre la barbarie et pour les 133 otages. À force d'entendre parler de négociations et d'appels à la démission de Netanyahou, à force de subir l'opprobre mondial contre Israël, la violence du Hamas avait été mise de côté. Ces vidéos ont eu le mérite de remettre cette réalité-là au centre du tableau. D'ailleurs fin mai, les pères de cinq guetteuses kidnappées prennent la décision d'autoriser la diffusion d'une vidéo de trois minutes trente dans laquelle leurs filles ont la bouche et le corps tuméfiés, elles sont ligotées, seules aux mains de dizaines d'hommes cagoulés. La vidéo est difficilement supportable quand bien même elle a été expurgée des pires scènes au montage. Liri, Karina, Agam, Naama, Daniela, nos petites guetteuses violentées, battues, dépecées et filmées par le Hamas. Cinq des sept kidnappées de Nahal Oz sont là (Ori Meggidish a été miraculeusement sauvée, Noa Marciano a été tuée, son corps récupéré et enterré). Elles ont la bouche en sang mais elles parlent. Naama Levy dit qu'elle a des amis en Palestine, Liri demande quelqu'un qui parle anglais. On entend les terroristes perdre leurs moyens, pas elles : « Tais-toi sale pute, reste assise. Nos frères meurent à cause de vous, on va tous vous tuer. » Un autre : « Voilà les filles qu'on va mettre enceinte, voilà les sionistes, vous êtes tellement belles. » Puis un autre : « Vous êtes des chiens, nous allons vous marcher dessus. » Encore un autre : « Prenez-les en photo, prenez-les en photo. » Dans cette frénésie satanique, certains prient sur des tapis au sol. Nasrin Kadri, la top model israélienne arabe musulmane aux 350 000 abonnés, réagit : « Où êtes-vous, peuple arabe ? Regardez-vous, n'avez-vous pas honte ? Vous parlez d'islam, est-ce que c'est de l'islam ? Vous priez le prophète, hein ? De quel prophète parle-t-on ? » Sur les plateaux télé, le père de Liri dit sans larmes : « Il n'y a aucune victoire, aucun progrès significatif sans la libération des otages maintenant. Nos filles étaient là pour la sécurité du pays, c'est au pays de les ramener en vie. » Le cours de l'humain dépend des jours. Le soir même, le gouvernement autorise une reprise des négociations.

Jours de larmes, jours de fête

Aux toutes premières alertes du 7 octobre, ma jeune voisine descendait avec son bien le plus précieux, son violon, son mari Gideon n'est descendu que plus tard, sans doute moins apeuré. Un jour, je l'ai croisé dans les escaliers en civil mais avec un sac de sport et une mitraillette, on ne s'est pas dit un mot. Le pays était écrasé par les attaques, l'air était trop rare pour parler. Juste un signe de tête. Je savais où il allait, il savait où il allait. Un signe de tête qui disait : « Que Dieu te protège. » Mercredi 22 mai, Gideon Chay DeRowe a été tué dans une explosion au nord de Gaza avec deux autres camarades, le sergent Eliyahu Haim Emsallem, vingt et un ans, et le capitaine Israël Yudkin, vingt-deux ans. Gideon avait trente-trois ans, était sergent-chef réserviste dans l'unité combattante Yahalom. Sur le site de Tsahal je lis : « Le rôle de l'unité Yahalom comprend des missions spéciales de sabotage, de démolition et d'explosion de bâtiments, de sabotage d'infrastructures ennemies, de manipulation d'explosifs, de préparation d'engins explosifs et de bombes, de neutralisation d'engins explosifs ennemis, de nettoyage de champs de mines complexes, de localisation et de destruction de tunnels terroristes. Parfois, l'unité utilise des robots et de nombreux appareils télécommandés, sans mettre en danger la vie humaine. »

Mon jeune voisin est mort, sa femme néerlandaise est seule et enceinte de quatre mois. Tous les morts militaires et civils de cette guerre, tous, ceux dont je parle et ceux dont je ne parle pas, je ne les vois plus à la télé ou dans les nouvelles, je les vois là, tous, juste là, sur le palier, à la porte d'à côté, avec l'affiche du faire-part que je n'ai pas voulu croire, avec la jeune soldate de liaison que je vois s'affairer dans les escaliers, avec les vingt chaises en plastique empilées dans le couloir qui vont servir aux sept jours de deuil. Tous les morts sont là avec leurs visages, leurs vies, leurs familles.

Au cimetière militaire du mont Herzl à Jérusalem ce 13 mai, aucun mot, aucune expertise ne peuvent qualifier l'état du Premier ministre et de l'assemblée. Un parterre de ministres, de grands rabbins, de hauts dignitaires de Tsahal, de diplomates et de familles endeuillées est comme pétrifié en ce jour du souvenir, le Yom Hazikaron. La sirène a sonné, rappelant au pays figé tous ceux, civils et militaires, qui sont tombés pour Israël. « Existe-t-il un baume pour guérir la douleur des proches endeuillés ? La vraie réponse est non », dit Netanyahou, blême. « Nos proches qui sont tombés au combat représentent nos valeurs éternelles. L'amour de son prochain et de la nation, l'amour du pays, la volonté de se sacrifier et la croyance en la justesse du chemin. »

Ce jour-là, le pays est comme recouvert d'une immense pierre tombale compacte, mais les familles ne cèdent pas à cette solennité. Des ministres du gouvernement se sont rendus à des cérémonies du souvenir dans les cinquante-deux autres cimetières militaires d'Israël. Nombre d'entre eux ont été accueillis par des protestations de la foule. Pendant son discours, une pancarte rouge où était simplement marqué « 7.10 » rappelait silencieusement la responsabilité du Premier ministre dans les échecs du 7 octobre. Plus tard on entendra : « Vous avez pris mes enfants. » À Ofakim, le ministre Betzalel Smotrich a dû affronter Einav Zangauker. J'ai vu plusieurs fois cette mère dans les manifestations, le noir de ses cernes lui mange de plus en plus les yeux. Son fils Matan a été kidnappé avec sa petite amie à Nir Oz, c'est une morte vivante de larmes et d'inquiétude, pourtant elle ne lâche rien. Ex-électrice du Likoud, elle fait face au ministre d'extrême droite à la kippa tricotée : « Votre devoir en tant que porteur de kippa, en tant que Juif qui croit en Dieu, est d'associer votre foi à la compréhension rationnelle qu'il faut ramener mon enfant vivant. Il faut tout faire pour sauver ceux qui sont en vie, faites l'effort. »

Comme le veut la tradition, le jour du souvenir est suivi de la fête de l'indépendance. Après avoir pleuré, on célèbre l'État, sa force, sa vitalité. Mais après le 7 octobre, personne n'a le cœur à la fête. Sur le mont Herzl à Jérusalem, le gouvernement organise comme à l'ordinaire une gigantesque soirée avec ses défilés, sa parade, avec les symboles sionistes représentés dans le ciel par des drones, les danseurs, les flambeaux, les invités héroïques, les tableaux symbolisant les otages.

La cérémonie est généralement retransmise à la télévision, mais en ce 15 mai, à des kilomètres de là, pour la première fois dans l'histoire du pays, se tient à Tel Aviv une contre-soirée de l'indépendance sur la Place des otages. Comme tous les samedis soir et comme certains soirs de la semaine, la foule est immense. Mais ce soir-là, l'ambiance est au recueillement, moins de joie, moins de fête, moins de bruit. Bien sûr, il y a des gosses qui se balancent des bombes de mousse en bleu et blanc sur les boulevards, il y a partout ailleurs des chapeaux floqués aux couleurs du pays, des drapeaux, des ballons sur tous les immeubles, et le lendemain il y aura des fêtes et des barbecues un peu partout, ça sentira la viande grillée dans tout le Moyen-Orient. Mais ce soir-là, l'atmosphère est pleine d'un sentiment de vulnérabilité physique et spirituelle. Les drapeaux ont tous en leur centre le symbole jaune des otages kidnappés. On rit, on nage, on danse, on mange, mais le traumatisme est là, avec nous, il est là comme une tumeur, une boule dure qui ne s'en ira plus.

Est-ce qu'après Kippour, après la mort de Rabin, après les innombrables blessures qu'a connues Israël, ce sentiment s'était à ce point installé parmi les générations précédentes ? Je ne crois pas. Me revient un texte de Georges-Elia Sarfati que l'on peut résumer ainsi : « Avec l'attaque du 7 octobre, Israël s'est réveillé d'un long sommeil dogmatique, celui du mythe des accords d'Oslo, du mythe de la normalisation, enseigné par une gauche occidentaliste, désireuse de s'imaginer vivant au milieu d'un océan pacifié, avec en partage le même rêve et la même vision de la démocratie et de l'histoire. » L'autre mythe est celui de la « normalisation séculière », écrit le philosophe et linguiste, « il est probable que le principe de l'État-nation de type occidental, transplanté dans le contexte oriental, comporte une part d'aberration ».

Alors quoi, c'est Gog et Magog ? Ce constat désespéré est balayé le lendemain, d'abord par les odeurs de viandes grillées et ensuite par les échos d'une petite manif à la fac de Tel Aviv qui me rappelle le puissant attachement des Israéliens à la justice et à la démocratie.

Un peu comme à Sciences Po, à Columbia et sur tous les campus du monde, des étudiants du parti Hadash, parti ou plutôt alliance parlementaire de gauche radicale qui réunit entre autres le Parti communiste israélien, ont organisé un rassemblement. Ce matin-là, ces jeunes étudiants juifs, chrétiens, musulmans, bédouins et druzes ont voulu marquer la date de la « Journée de la Nakba ». « Stop au génocide à Gaza, cessez-le-feu immédiat », pouvait-on entendre parmi les manifestants. La section étudiante avait déposé une requête auprès de la Haute Cour de Justice, soutenue par le président de l'université, le professeur Ariel Porat, qui s'était fendu d'une déclaration on ne peut plus juste : « Refuser la liberté de manifester est extrême, [une telle décision] peut être disproportionnée et affecter la possibilité de manifester à l'avenir. » La police avait finalement autorisé la manif avec pour consigne l'interdiction des drapeaux palestiniens, d'où une quantité notable de pastèques, de keffieh et de « Stop au génocide » sur le campus bien vert de

Tel Aviv. Signe de liberté absolue ou de brouhaha total, leur petite manifestation a été contrée en même temps, au même moment par des jeunes de la section Im Tirtzu (association étudiante extra-parlementaire dont le but est de défendre et promouvoir les valeurs du sionisme) et de fait, ils scandaient : « Ce n'est pas l'université de Columbia ici, nous sommes dans l'État d'Israël. Nous ne pouvons pas rester silencieux face à l'humiliation de nos frères et sœurs tombés au combat. Ceux qui qualifient cette guerre de guerre d'extermination sont invités à aller manifester à Gaza. »

Ce jour de souvenir et d'indépendance me rappelle la petite Abigail, quatre ans, kidnappée et libérée. Comment va-t-elle grandir ? Comment va-t-on la convaincre qu'elle est en sécurité dans la vie ? Ses parents ont été assassinés, son frère Michael, neuf ans, et Amalia, six ans, sont restés des heures cachés dans un placard à côté du corps de leur mère. Et la petite Émilie Hand ? Elle va bien lire un jour cette interview dans laquelle son père dit qu'il préférerait qu'elle fût morte plutôt qu'otage. Et le petit Ohad Munder retrouvant son papa après avoir pris l'hélicoptère ? Sachant que le reste de sa famille a été tué ? Lui et tous les autres, comment grandiront-ils ?

Les métastases du chaos

J'attendais la libération des otages pour finir ce livre, j'attendais de voir des visages sortir du noir ou des corps dans des linceuls. Autour de moi, je ne vois que le chaos. Et quand j'entends les débats, je repense à cette formule : « Une minute pour les Juifs, une minute pour les nazis. » Je dois arrêter ce livre pour préserver ma santé mentale. Parce que le monde devient fou. Parce que je me sens démunie. Parce qu'il y a l'angoisse des familles. La division des familles. La division du pays. L'attente. Les soldats morts. Les civils morts. Les otages morts. Les otages vivants. Les missiles. Les cent mille déplacés.

Les mouvements individuels et collectifs s'entrechoquent, s'assemblent, se distordent. Depuis octobre à Tel Aviv, à Herzliya, à Jérusalem, le comité des familles d'otages « Bring Them Home » pousse dans la rue des milliers de personnes qui marchent, hurlent, supplient pour des négociations et des libérations immédiates : « Il faut qu'ils rentrent à la maison maintenant. Maintenant. » Depuis janvier, au point de passage de Kerem Shalom, Tikva campe pour bloquer et détruire l'aide humanitaire qui se dirige vers Gaza. « Pourquoi les nourririons-nous ? Quelqu'un nourrit mon enfant dans les tunnels ? » En décembre, le jeune Tal Mitnick qui se présente comme *refuznik* (en référence aux Juifs russes auxquels on refusait le droit de partir en Israël), manifeste avec cinquante camarades contre son engagement dans l'armée, devant une base militaire en banlieue de Tel Aviv : « La violence ne résout pas la violence », dit-il. Lui, comme Ben Arad, dix-huit ans, et Sophia Orr, ont été condamnés à plusieurs jours de prison. En janvier, le président de la Knesset, Amir Ohana, demande une enquête au Shin Bet après que plusieurs membres du gouvernement ont reçu des lettres de menaces de la part d'une organisation inconnue : « Les Vengeurs israéliens. » En mai, j'ai vu Gadi Kedem assis sur le trottoir, la chemise déchirée, le front en sang, pourquoi était-il dans cet état ? Sa fille Tamar, son gendre Yonathan, sa belle-mère et ses trois petits-fils, Arbel et Shahar, six ans, et Omer, deux ans, ont été brûlés vif dans l'incendie de leur pièce de sécurité à Nir Oz. Il était par terre au milieu d'une foule de manifestants, complètement désorienté, il venait de se battre. A-t-il agressé en premier un manifestant d'extrême droite ou est-ce ce dernier qui a commencé en le traitant de nazi gauchiste ? Du sang coule de sa tête. Dans les quartiers religieux, j'ai vu des jeunes ultra-orthodoxes très pâles affronter des policiers du même âge parce qu'ils refusaient de faire l'armée, j'ai vu un policier bousculer un vieil Hassid, le pauvre barbu est violemment tombé face en avant, j'ai vu sa redingote au sol, ses deux petites jambes blanches. Autant de scènes surréalistes qui dépassent l'entendement.

En février, des familles otages étaient parties à La Haye afin de porter plainte contre le Hamas pour crime de guerre. Mi-mai, c'est l'inverse qui leur est balancé, le procureur de la Cour pénale internationale réclame un mandat d'arrêt contre Benyamin Netanyahou pour crimes de guerre et crimes contre l'humanité. Et Karim Khan d'expliquer : « J'ai des motifs raisonnables de croire que Benyamin Netanyahou et Yoav Gallant, le ministre de la Défense d'Israël, portent la responsabilité pénale de crimes de guerre et de crimes contre l'humanité [...] à partir du 8 octobre au moins. » Cette ahurissante requête est reprise par la quasi-totalité de la presse nationale et internationale, une tornade. Mais toutes les unes, toutes les accroches, tous les posts du monde entier désignent Israël, Netanyahou, Gallant et Tsahal en premier.

Pour Karim Khan, dès le 8, les Israéliens meurtris, massacrés, attaqués, étaient déjà des criminels de guerre. Dans sa requête, il incrimine aussi le chef du bureau politique du Hamas, le commandant des Brigades Ezzedine Al-Qassam, la branche armée et le chef du Hamas que Karim Khan estime « porter la responsabilité pénale des crimes de guerre et crimes contre l'humanité », mais pour eux, c'est un jour plus tôt : à compter du 7 octobre. Beaucoup plus loin dans le texte, on lit enfin « qu'il convient maintenant de déterminer si les conditions sont réunies pour délivrer ces mandats d'arrêt réclamés ». Une journée de différence, mais sinon le mal est le même.

Et ce que je vois, c'est que l'histoire, les valeurs, la morale, le droit, la justice qui déjà vacillaient, tournoient désormais sous acide et je n'y arrive plus. Des tribunes, des conférences, des meetings, des manifs, des vidéos, des pastèques, des drapeaux se télescopent les uns contre les autres à la vitesse de l'Internet, l'imbécillité et la violence gangrènent l'espace, la fange des réseaux sociaux donne l'impression d'une fièvre qui refuse de tomber.

Chaque jour, cette confusion de tout dépasse le niveau d'inhumanité le plus délirant, ici en Israël et à l'étranger. Les négociations sur les conditions de libération de (certains) otages, les trêves et l'après Gaza s'effritent, avec en arrière-plan Rafah, les visages de jeunes soldats morts, la normalisation de la parole antisémite chez les jeunes comme chez les politiques et la mise au ban du minuscule timbre-poste qu'est l'État juif. L'opinion mondiale a confondu l'attaque, confondu le 7 octobre, confondu les cent vingt-cinq humains restant enfermés depuis onze mois dans des tunnels, confondu les corps ou morceaux de corps enterrés, confondu l'incapacité du Hamas à fournir ne serait-ce qu'une liste de quarante noms, confondu que parmi les hommes et les femmes ainsi qu'Ariel et Kfir Bibas, les deux petits rouquins de moins de cinq ans, beaucoup seraient déjà morts. C'est le chaos.

Les laïcs crient, les obscurantistes crient, la gauche crie, les patriotes crient, nos responsables qui criaient avant et au début de la guerre, se battent désormais à mains nues, la Knesset reprend ses sessions, les esclandres recommencent, les menaces, les injures, les coups de poing sur la table, les menaces de démissions. Comme celles de Benny Gantz et de nombreux officiels qui annoncent démissionner ou prendre leurs responsabilités à la fin de la guerre ou avant. Mais la guerre n'a pas de fin et chaque coup d'éclat est aussitôt oublié. Le seul à avoir démissionné, c'est le chef du renseignement militaire israélien, Aharon Haliva, qui a déclaré : « Je porterai à vie cette douleur. » Le seul. Netanyahou, lui, n'a pas cette intention : « Même si Israël est contraint de rester seul, nous resterons seuls et continuerons de frapper puissamment nos ennemis jusqu'à la victoire. En tant que Premier ministre d'Israël, État d'un peuple fier vieux de plusieurs milliers d'années, nous continuerons à lutter seuls, je le jure : aucune pression, aucune décision, aucun forum international ne nous empêchera de nous défendre contre ceux qui veulent nous détruire. Nous nous battrons jusqu'au bout, même si nous devons le faire seuls. »

Le chaos gangrène tout, je vois s'étendre partout un magma noir tout entier fait de guerre, d'incompréhension, de désinformation, de dissensions, de haine, d'appel à la mort ou à la destruction. Il y a des échauffourées, des blocus, des lances à eaux puantes, la police montée, des sit-in, des matraques.

Ô Dieu, veux-tu vraiment de nous ?

Je lis le mot laissé par Stefan Zweig, le 22 février 1942, au Brésil : « [...] maintenant que le monde de mon langage a disparu pour moi et que ma patrie spirituelle, l'Europe, s'est détruite elle-même. À soixante ans passés il faudrait avoir des forces particulières pour recommencer sa vie de fond en comble. Et les miennes sont épuisées par les longues années d'errance. Aussi, je pense qu'il vaut mieux mettre fin à temps, et la tête haute, à une existence où le travail intellectuel a toujours été la joie la plus pure et la liberté individuelle le bien suprême de ce monde. » Je lis aussi ces mots de Romain Rolland en août 1914 : « Je suis accablé. Je voudrais être mort. Il est horrible de vivre au milieu de cette humanité démente et d'assister, impuissant, à la faillite de la civilisation. » Des décennies plus tard, leur sentiment est le mien.

Comment atterrir ? Où aller ? Où demeurer sur la terre ? Allons-nous disparaître ? La plus grande injustice, c'est quand la responsabilité de calmer le jeu revient aux victimes. On n'y arrivera pas mais on n'abandonnera pas. On ne va pas tous avaler du Véronal comme Zweig. On ne va pas se suicider comme à Massada. Pas ce jeune et nouvel Israël qui va continuer de se défendre, continuer d'exister avec la charge et l'exception de l'État Juif. Jamais on n'a vu un pays ou un peuple faire autant cas des siens. Jamais dans l'histoire de l'humanité. En juin-juillet les manifestations monstres continuent malgré la température écrasante et les vacances des enfants. Jeudi soir, samedi soir, le rendez-vous est immuable pour tous. Je vois dans les rues poisseuses de chaleur converger vers la Place des otages, du nord de Tel Aviv comme du sud, des hommes, des femmes, des jeunes, des familles abandonnant pour deux heures exactement leurs occupations d'avant ou d'après shabbat. Des petites rivières affluant vers le fleuve du refus, leurs immenses drapeaux d'Israël flottant dans l'air épais, la sueur, les visages luisants, la fatigue, parce que l'on n'oublie pas les otages. Sur les murs, les palissades, les échafaudages, devant n'importe quel magasin, n'importe quel poteau, les portraits de nos otages rappellent leur sort parce que l'on n'oublie pas les otages. À la radio, dans les journaux, à la télé, les témoignages constants n'oublient pas les otages. Le petit peuple, même s'il est divisé, loin des politiques, n'oublie pas ses frères et sœurs, ne les lâche pas. *Ahad Ha'Am*, un seul pour tous, c'est ça la charge et l'exception de l'État juif, un État juif pour tout le monde.

J'appartiens à un peuple blessé mais vivant, je cultive mon jardin, je récupère Ava à son cours de sport Flight Fit – des gens qui se lovent acrobatiquement dans des tubes de nylon flashy, pendus la tête en bas, doit-on y voir un signe ? Dans dix ans, elle portera l'uniforme de Tsahal, elle aura un fusil, servira un bataillon de combattants (ou sera planquée comme dans le film *Zero Motivation*), elle vivra d'autres guerres, aura vécu d'autres attentats, d'autres attaques au couteau, d'autres monstruosités, d'autres vagues d'Alyah, Ava aura grandi dans cette furie et fera partie de la nouvelle génération d'Israéliens et d'Israéliennes qui vient. Peut-être qu'après la publication de ce livre, les otages vivants et morts seront rendus contre un nombre faramineux de Sinwar, peut-être que d'autres accords de normalisation seront signés avec d'autres pays arabes, peut-être que le peuple palestinien prendra la parole, libéré de ses assassins, pour exiger une vie démocratique et prospère dans un État reconnu. Peut-être que l'Iran enverra une bombe nucléaire. Peut-être. En attendant, les missiles continuent de tomber dans le sud du pays, au centre et au nord, les enterrements se succèdent, ça sent le pétard dans Florentine, les boutiques de Neve Tsedek respirent la vie, la plage est magnifique, les surfeurs canonissimes, la Nova Fest a refait une rave, le tramway passe toujours à Jaffa, imperturbable comme le gros vers blanc de Miyazaki, les restos sont toujours si chers et toujours complets, les bars sont toujours animés, les stand-uppeurs cartonnent, les spectacles, les concerts, les événements littéraires ou ciné revivent, l'aéroport envoie et ramène des Israéliens téméraires ou épuisés aux quatre coins de la planète, certains des papas en mitraillette retourneront comme réservistes au nord, d'autres à Gaza. Le soleil est beau, le ciel merveilleux, tout est fleuri et vert, Ava prend son vélo et sur la coulée verte pour rentrer, elle m'explique que les enfants n'ont pas le droit de parler de la guerre en classe. « Ah bon mais vous n'en parlez jamais ? – Si, à la récré. – Et alors, ça te fait peur ? » En pédalant sous les arbres, avec sa peau si blanche, elle répond « parfois ».

Remerciements

« Je leur donnerai dans ma maison et mes murs, un monument et un nom “Yad Vashem” qui ne s'effacera jamais. » Livre du prophète Isaïe. Ce livre est dédié aux morts pour Israël.

Évidemment, sans le oui immédiat et le travail d'accompagnement éditorial des Éditions du Cerf, ce livre n'existerait pas. Pour cela, gratitude absolue.

Merci à ma fille Paloma, qui chaque vendredi accueillait patiemment le shabbat en lisant ces pages.

Merci à mon amie Sandra Basch pour sa lecture capitale et ses encouragements.

Merci à mes amies, Frédérique Sarfati-Romano de m'avoir fait aller en Israël en 2011 pour écrire un *city guide* sur Tel Aviv, Nathalie Bensahel pour m'avoir aidée à tout supporter, Lizzy Studnia, Nathalie Mandel et Francesca Guez pour cette amitié indéfectible et ce soutien qui a aboli, dans mes moments très difficiles, les 5 000 kilomètres de distance.

Merci à mon père Roger, ma mère Ariane, ma sœur Muriel, mes frères Olivier et Arnaud, mon fils Solal, Paloma et Ava d'avoir fait de moi ce que je suis.

Merci à Michèle Mergui-Schwartz pour ses précieux conseils.

Julia je te l'ai promis. Peut-être que c'est ce livre-là qui est le livre, peut-être que ce sera un autre.

Table des matières

Composition : Nord Compo

Achevé d'imprimer en août 2024
sur les presses de la Nouvelle Imprimerie Laballery
58500 Clamecy
Dépôt légal : septembre 2024
Numéro d'impression : 407338

Imprimé en France

La Nouvelle Imprimerie Laballery est titulaire de la marque Imprim'Vert®